KB178113

모란이 피기까지는

김영랑 詩집

시(詩) / 산문(散文)

김영랑 시집 : 모란이 피기까지는 (부록: 영랑 수필)

발　행 | 2019년 04월 18일
저　자 | 김영랑
펴낸이 | 한건희
펴낸곳 | 주식회사 부크크
출판사등록 | 2014.07.15.(제2014-16호)
주　소 | 경기 부천시 원미구 춘의동 202 춘의테크노파크2단지 202동 1306호
전　화 | 1670-8316
이메일 | info@bookk.co.kr

ISBN | 979-11-272-7006-3

www.bookk.co.kr
© 김영랑 2019
본 책은 저작자의 지적 재산으로서 무단 전재와 복제를 금합니다.

모란이 피기까지는

김영랑 시집

시(詩) / 산문(散文)

김영랑 지음

목차

머리말

김영랑 시집: 모란이 피기까지는

1. **영랑 시집** ... 009

끝없는 강물이 흐르네 / 돌담에 속삭이는 햇발

언덕에 바로 누워 / 뉘 눈결에 쏘이었소

오-매 단풍 들것네 / 함박눈 / 눈물에 실려 가면

쓸쓸한 뫼 앞에 / 꿈밭에 봄마음 / 님 두시고 가는 길

허리띠 매는 시악시 / 풀 위에 맺어지는 이슬

좁은 길가에 무덤 / 밤사람 그립고야

숲 향기 숨길 / 저녁때 외로운 마음

무너진 성터 / 산골 시악시 / 그 색시 서럽다

바람에 나부끼는 / 뻘은 가슴을

다정히도 불어오는 바람 / 떠 날아가는 마음의

애닮은 입김 / 뵈지도 않는 입김

사랑은 깊은 푸른 하늘 / 미움이란 말 속에

눈물 속 빛나는 보람 / 외론 할미꽃

설운 소리 / 구름 속 종달 / 향내 없다고

푸른 향물 / 빠른 철로에 조는 손님

생각하면 부끄러운 / 온몸을 감도는

제야(除夜) / 내 옛날 온 꿈이

그대는 호령도 하실 만하다

아파 누워 / 가늘한 내음 / 내 마음을 아실 이

시냇물 소리 / 모란이 피기까지는

불지암서정(佛地菴抒情) / 물 보면 흐르고

강선대(降仙臺) 돌바늘 끝에

사개 틀린 고풍의 툇마루에

마당 앞 맑은 새암을 / 황홀한 달빛

두견(杜鵑) / 청명 / 독(毒)을 차고

땅거미 / 북 / 오월 / 오월 아침

묘비명 / 낮의 소란 소리 / 내 홋진 노래

망각 / 바다로 가자 / 빛깔 환히

새벽의 처형장(處刑場) / 수풀 아래 작은 샘

언 땅 한 길 / 연 1 / 연 2

춘향 / 한 줌 흙 / 강 물

2. 부록 : **김영랑 수필** ... 105

감나무에 단풍 드는 전남(全南)의 9월

박용철(朴龍喆)과 나

인간 박용철(朴龍喆)

춘설(春雪) 남방춘신(南方春信)

춘수(春水) 남방춘신(南方春信)

춘심(春心) 남방춘신(南方春信)

수양(垂楊) 남방충신(南方春信)

제복(制服) 없는 대학생(大學生)

열망(熱望)의 독립과 냉철한 현실

피서지(避暑地) 순례(巡禮)

머리말

김영랑

金永郎 (1903-1950).

본명은 윤식(允植). 전남 강진 출생. 일본 아오야마 학원 수업. 일제 강점기와 대한민국에서 활동한 시인이다. 1930년에 정지용, 박용철 등과 함께 〈시문학〉 동인에 가입하여 동지에 여러 시를 발표하며 본격적인 문학 활동을 시작하였다.

1930년 〈시문학〉 동인으로 문단에 등장, 〈문예월간〉 〈시원〉 등에 아름다운 서정시를 발표했으며, 예술파적인 순수 서정시인으로 유명하다. 광복 후 공보부 출판국장 등을 지냈고, 시집에 〈영랑시선(永郎詩選)〉이 있다. 그의 대표작 〈모란이 피기까지는〉은 설움받는 민족의 희망의 봄을 기다리는 작자의 마음에 의탁하여 읊은 격조 높은 서정시이다. 한국전쟁 당시 서울을 탈출하지 못하고 포탄 파편에 맞아 사망하였다.

〈김영랑〉 시인의 원작 그대로 사투리 및 그 시대의 국문법을 담았으며 오탈자와 띄어쓰기, 한자혼용을 반영하였습니다.

김영랑
詩집

끝없는 강물이 흐르네

내 마음의 어딘 듯한 편에 끝없는

강물이 흐르네.

돋쳐 오르는 아침 날빛이 빤 질한

은결을 돋우네.

가슴엔 듯 눈엔 듯 또 핏줄엔 듯

마음이 도른 도른 숨어 있는 곳

내 마음의 어딘 듯한 편에 끝없는

강물이 흐르네.

돌담에 속삭이는 햇발

돌담에 속삭이는 햇발같이

풀 아래 웃음 짓는 샘물같이

내 마음 고요히 고운 봄 길 위에

오늘 하루 하늘을 우러르고 싶다

새악시 볼에 떠오는 부끄럼같이

시의 가슴 살포시 젖는 물결같이

보드레한 에메랄드 얇게 흐르는

실 비단 하늘을 바라보고 싶다

언덕에 바로 누워

언덕에 바로 누워

아슬아슬한 푸른 하늘 뜻 없이 바래다가

나는 잊었습네 눈물 도는 노래를

그 하늘 아슬아슬하여 너무도 아슬아슬하여

이 몸이 서러운 줄 언덕이야 아시련만

마음의 가는 웃음 한때라도 없더라냐

아슬한 하늘 아래 귀여운 맘 질기운 맘

내 눈은 감이였데 감기였데.

뉘 눈결에 쏘이었소

뉘 눈결에 쏘이었소

온통 수줍어진 저 하늘빛

담 안에 복숭아꽃이 붉고

밖에 봄은 벌써 재앙스럽소

꾀꼬리 단두리 단두리로다

빈 골짝도 부끄러워

혼란스런 노래로 흰 구름 피어 올리나

그 속에 든 꿈이 더 재앙스럽소

오-매 단풍 들것네

오-매 단풍 들것네

장광에 골붉은 감잎 날아와

누이는 놀란 듯이 치어다보며

오-매 단풍 들것네

추석이 내일모래 기둘리리

바람이 잦이어서 걱정이리

누이의 마음아 나를 보아라

오-매 단풍 들것네

함박눈

'바람이 부는 대로 찾아가오리'

흘린 듯 기약하신 임이시기로

행여나! 행여나! 귀를 종금이

어리석다 하심은 너무로구려

문풍지 설움에 몸을 저리어

내리는 함박눈 가슴 헤어져

헛보람! 헛보람! 몰랐으료만

날더러 어리석단 너무로구려

눈물에 실려 가면

눈물에 실려 가면 산길로 칠십 리

돌아보니 찬바람 무덤에 몰리네

서울이 천리로다 멀기도 하련만

눈물에 실려 가면 한 걸음 한 걸음

뱃장 위에 부은 발 쉬일까보다

달빛으로 눈물을 말릴까보다

고요한 바다 위로 노래가 떠간다

설움도 부끄러워 노래가 노래가

쓸쓸한 뫼 앞에

쓸쓸한 뫼앞에 호젓이 앉으면면

마음은 갈앉은 양금줄 같이

무덤의 잔디에 얼굴을 부비면

넋시는 향맑은 구슬손 같이

산골로 가노라 산골로 가노라

무덤이 그리워 산골로 가노라

꿈밭에 봄 마음

구비진 돌담을 돌아서 돌아서

달이 흐른다 놀이 흐른다

하이얀 그림자

은실을 즈르르 몰아서

꿈밭에 봄마음 가고 가고 또 간다

님 두시고 가는 길

님 두시고 가는 길의 애끈한 마음이여

한숨 쉬면 꺼질 듯한 조매로운 꿈길이여

이 밤은 캄캄한 어느 뉘 시골인가

이슬같이 고인 눈물을 손끝으로 깨치나니

허리띠 매는 시악시

허리띠 매는 시악시 마음실같이

꽃가지에 은은한 그늘이 지면

흰날의 내 가슴 아지랭이 낀다

흰날의 내 가슴 아지랭이 낀다

풀 위에 맺어지는 이슬

풀 위에 맺어지는 이슬을 본다

눈썹에 아롱지는 눈물을 본다

풀 위엔 정기가 꿈같이 오르고

가슴은 간곡히 입을 벌린다.

좁은 길가에 무덤

좁은 길가에 무덤이 하나

이슬에 젖이우며 밤을 새인다

나는 사라져 저 별이 되오리

뫼 아래 누워서 희미한 별을

밤사람 그립고야

밤사람 그립고야

말없이 걸어가는 밤사람 그립고야

보름넘은 달 그리매 마음이 서러오아야

오랜 밤을 나도 혼자 밤사람 그립고야

숲 향기 숨길

숲 향기 숨길을 가로막았소

발 끝에 구슬이 깨이어지고

달 따라 들길을 걸어다니다

하룻밤 여름을 새워 버렸소

저녁때 외로운 마음

저녁때 저녁때 외로운 마음

붙잡지 못하여 걸어다님을

누구라 불어주신 바람이기로

눈물을 눈물을 빼앗아가오

무너진 성터

무너진 성터에 바람이 세나니

가을은 쓸쓸한 맛뿐이구료

희끗희끗 산국화 나부끼면서

가을은 애닯다 속삭이느뇨

산골 시악시

산골을 놀이터로 커난 시악시

가슴 속은 구슬같이 맑으련마는

바라뵈는 먼 곳이 그리움인지

동이 인 채 산길에 섰기도 하네

그 색시 서럽다

그 색시 서럽다 그 얼굴 그 동자가

가을 하늘가에 도는 바람 섞인 구름조각

핼쑥하고 서느라와 어디로 떠갔으랴

그 색시 서럽다 옛날의 옛날의

바람에 나부끼는

바람에 나부끼는 갈잎

여울에 희롱하는 갈잎

알만 모를만 숨 쉬고 눈물 맺은

내 청춘의 어느 날 서러운 손짓이여

뻘은 가슴을

뻘은 가슴을 훤히 벗고

개풀 수줍어 고개 숙이네

한낮에 배란 놈이 저 가슴 만졌고나

뻘건 맨발로는 나도 자꾸 간지럽고나

다정히도 불어오는 바람

다정히도 불어오는 바람이길래

내 숨결 가볍게 실어 보냈지

하늘갓을 스치고 휘도는 바람

어이면 한숨을 몰아다 주오

떠 날아가는 마음의

떠 날아가는 마음의 파름한 길을

꿈이런가 눈감고 헤아리려니

가슴에 선뜻 빛깔이 돌아

생각을 끊으며 눈물 고이며

애닯은 입김

그 밖에 더 아실 이 안 계실거나

그이의 젖인 옷깃 눈물이라고

빛나는 별 아래 애달픈 입김이

이슬로 맺히고 맺히었음을

뵈지도 않는 입김

뵈지도 않는 입김의 가는 실마리

새파란 하늘 끝에 오름과 같이

대숲의 숨은 마음 기여 찾으려

삶은 오로지 바늘 끝같이

사랑은 깊은 푸른 하늘

사랑은 깊은 푸른 하늘

맹세는 가볍기 흰구름쪽

그 구름 사라진다 서럽지는 않으나

그 하늘 큰 조화 못 믿지는 않으나

미움이란 말 속에

미움이란 말 속에 보기 싫은 아픔

미움이란 말 속에 하전한 뉘침

그러나 그 말씀 씹히고 씹힐 때

한 꺼풀 넘치어 흐르는 눈물…….

눈물 속 빛나는 보람

눈물 속 빛나는 보람과 웃음 속 어둔 슬픔은

오직 가을 하늘에 떠도는 구름

다만 호젓하고 줄 데 없는 마음만 예나 이제나

외론 밤바람 섞인 찬별을 보았습니다

외론 할미꽃

밤이면 고총 아래 고개 숙이고

낮이면 하늘 보고 웃음 좀 웃고

너른들 쓸쓸하여 외론 할미꽃

아무도 몰래 지는 새벽 지친 별

설운 소리

빈 포케트에 손 찌르고 폴 베를레-느 찾는 날

온몸이 흐렁흐렁 눈물도 찔끔 나누나

오! 비가 이리 쭐쭐쭐 나리는 날은

설운 소리 한 천마디 썼으면 싶어라

구름 속 종달

저 곡조만 마저 호동글 사라지면

목 속의 구슬을 물속에 버리려니

해와 같이 떴다 지는 구름 속 종달은

내일 또 새론 섬 새 구슬 머금고 오리

향내 없다고

향내 없다고 버리시라면

내 목숨 꺾지나 말으시오

외로운 들꽃은 들가에 시들어

철없는 그이의 발끝에 좋을걸

푸른 향물

푸른 향물 흘러버린 언덕 위에

내 마음 하루살이 나래로다

보실보실 가을 눈〔眼[안]〕이 그 나래를 치며

허공의 속삭임을 들으라 한다

빠른 철로에 조는 손님

빠른 철로에 조는 손님아

시골의 이 정거장 행여 잊을라

한가하고 그립고 쓸쓸한 시골 사람의

드나드는 이 정거장 행여 잊을라

생각하면 부끄러운

생각하면 부끄러운 일이어라

석가나 예수같이 큰일을 하리라고

내 가슴에 불덩이가 타오르던 때

학생이란 피로 싸인 부끄러운 때

온몸을 감도는

온몸을 감도는 붉은 핏줄이

꼭 감긴 눈 속에 뭉치어 있네

날랜 소리 한마디 날랜 칼 하나

그 핏줄 딱 끊어버릴수 없나

제야(除夜)

제운밤 촛불이 찌르르 녹아 버린다
못 견디게 무거운 어느 별이 떨어지는가

어둑한 골목골목에 수심은 떴다 갈앉았다
제운밤 이 한밤이 모질기도 하온가

희부연 종이 등불 수줍은 걸음걸이
샘물 정히 떠 붓는 안쓰러운 마음결

한해라 기리운 정을 모ㅎ고 쌓아 흰 그릇에
그대는 이 밤이라 맑으라 비사이다

내 옛날 온 꿈이

내 옛날 온 꿈이 모조리 실리어간
하늘가 닿는 데 기쁨이 사신가

고요히 사라지는 구름을 바래자
헛되나 마음 가는 그곳뿐이라

눈물을 삼키며 기쁨을 찾노란다
허공은 저리도 한없이 푸르름을

엎디어 눈물로 땅 우에 새기자
하늘가 닿는 데 기쁨이 사신다

그대는 호령도 하실 만하다

창랑에 잠방거리는 흰 물새더냐
그대는 탈도 없이 태연스럽다

마을 휩쓸고 목숨 앗아간
간밤 풍랑도 가소롭구나

아침 날빛에 돛 높이 달고
청산아 보아라 떠나가는 배

바람은 차고 물결은 치고
그대는 호령도 하실 만하다

아파 누워

아파 누워 혼자 비노라
이대로 다진 못하느냐

비는 마음 그래도 거짓 있나
살잔 욕심 찾아도 보나
새삼스레 있을 리 없다
힘없고 느릿한 핏줄 하나

오! 그저 이슬같이
예사 고요히 지려무나
저기 은행잎은 떠날은다

가늘한 내음

내 가슴 속에 가늘한 내음
애끈히 떠도는 내음
저녁 해 고요히 지는 제
먼산 허리에 실리는 보랏빛

오! 그 수심띤 보랏빛
내가 잃은 마음의 그림자
한 이틀 정열에 뚝뚝 떨어진 모란의
깃든 향취가 이 가슴 놓고 갔을 줄이야

얼결에 여읜 봄 흐르는 마음
헛되이 찾으려 허덕이는 날
뻘 위에 철-석 갯물이 놓이듯
휠컥 이-는 후끈한 내음

아! 후끈한 내음 내키다 마는
서어한 가슴에 그늘이 도나니
수심 뜨고 애끈하고 고요하기
산허리에 실리는 저녁 보랏빛

내 마음을 아실 이

내 마음을 아실 이
내 혼자 마음 날같이 아실 이
그래도 어데나 계실 것이면

내 마음에 때때로 어리 우는 티끌과
속임 없는 눈물의 간곡한 방울방울
푸른 밤 고이 맺는 이슬 같은 보람을
보밴 듯 감추었다 내어드리지

아! 그립다
내 혼자 마음 날같이 아실 이
꿈에나 아득히 보이는가

향 맑은 옥돌에 불이 달아
사랑은 타기도 하오련만

불빛에 연긴 듯 희미론 마음은

사랑도 모르리 내 혼자 마음은

시냇물 소리

바람 따라 가지오고 멀어지는 물소리
아조 바람가치 쉬는 적도 있었으면
흐름도 가득 찰랑 흐르다가
더러는 그림가치 머물렀다 흘러보지
밤도 山[산]골 쓸쓸하이. 이 한밤 쉬여가지
어느 뉘 꿈에든셈 소리 없든 못할쏘냐
새벽 잠결에 언뜻 들리어
내 무거운 머리 선뜻 씻기우느니
황금소반에 구슬이 굴렀다
오, 그립고 향미롤 소리야
물아 거기좀 멈췄어라 나는 그윽히
저창공의 銀河萬年[은하만년]을 헤아려보노니

모란이 피기까지는

모란이 피기까지는

나는 아직 나의 봄을 기다리고 있을 테요

모란이 뚝뚝 떨어져 버린 날

나는 비로소 봄을 여읜 설움에 잠길 테요

5월 어느 날, 그 하루 무덥던 날

떨어져 누운 꽃잎마저 시들어 버리고는

천지에 모란은 자취도 없어지고

뻗쳐오르던 내 보람 서운케 무너졌느니

모란이 지고 말면 그뿐, 내 한 해는 다 가고 말아

삼백 예순 날 마냥 섭섭해 우옵내다

모란이 피기까지는

나는 아직 기다리고 있을 테요, 찬란한 슬픔의 봄을

불지암서정(佛地菴抒情)

그 밤 가득한 山[산]정기는 기척 없는 하얀 달빛에
모두 쓸리우고
한낮을 향미로우라 울리든 시냇물소리 마저 멀고
그윽하야
衆香[중향]의 맑은 돌에 맺은 금이슬 구을러흐르듯
아담한 꿈하나 여승의 호젓한 품을 애끈히
사라졌느니

千年[천년]옛날 쫓기여간 新羅[신라]의아들이냐
그 빛은
청초한 수미山[산] 나리꽃
정녕 지름길 섯드른 힌 옷입은 고흔少年[소년]이
흡사 그 바다에서 이 바다로 고요히 떨어지는
별같이
옆山[산]모롱이에 언뜻 나타나 앞골시내로

삽분 사라지심

승은 아까워 못견디는양 희미해지는 꿈만 뒤좇았으나

물 보면 흐르고

물 보면 흐르고
별 보면 또렷한
마음이 어이면 늙느뇨

흰 날에 한숨만
끝없이 떠돌던
시절이 가엾고 멀어라

안쓰러운 눈물에 안겨
흩은 잎 쌓인 곳에 빗방울 듣듯
느낌은 후줄근히 흘러들어 가건만

그 밤을 혼자 앉으면
무심코 야윈 볼도 만져 보느니
시들고 못 피인 꽃 어서 떨어지거라

강선대(降仙臺) 돌바늘 끝에

강선대 돌바늘 끝에
하전한 인간 하나
그는 버얼써
불타오르는 호수에 뛰어내려서
제 몸 사뤘더라면 좋았을 인간

이제 몇 해요
그 황홀 만나도 이 몸 선듯 못 내던지고

그 찬란보고도 노래는 영영 못 부른 채
젖어드는 물결과 싸우다 넘기고
시달린 마음이라 더러 눈물 맺혔네

강선대 돌바늘 끝에 벌써
불사뤘어야 좋았을 인간

사개 틀린 고풍의 툇마루에

사개 틀린 고풍의 툇마루에 없는 듯이 앉아
아직 떠오를 기척도 없는 달을 기다린다
아무런 생각 없이
아무런 뜻 없이

이제 저 감나무 그림자가
사뿐 한 치씩 옮아오고
이 마루 위에 빛깔의 방석이
보시시 깔리우면

나는 내 하나인 외론 벗
가냘픈 내 그림자와
말없이 몸짓 없이 서로 맞대고 있으려니
이 밤 옮기는 발짓이나 들려오리라

마당 앞 맑은 새암을

마당 앞
맑은 새암을 들여다본다

저 깊은 땅 밑에
사로잡힌 넋 있어
언제나 먼 하늘만
내려다보고 계심 같아

별이 총총한
맑은 새암을 들여다본다

저 깊은 땅속에
편히 누운 넋 있어
이 밤 그 눈 반짝이고
그의 겉몸 부르심 같아

마당 앞

맑은 새암은 내 영혼의 얼굴

황홀한 달빛

황홀한 달빛
바다는 은(銀)장
천지는 꿈인 양
이리 고요하다

부르면 내려올 듯
정든 달은
맑고 은은한 노래
울려날 듯

저 은장 위에
떨어진단 들
달이야 설마
깨어질라고

떨어져 보라
저 달 어서 떨어져라
그 혼란스럼
아름다운 천둥 지둥

호젓한 삼경
산 위에 홀로
꿈꾸는 바다
깨울 수 없다

두견(杜鵑)

울어 피를 뱉고 뱉은 피는 도로 삼켜
평생을 원한과 슬픔에 지친 작은 새
너는 너른 세상에 설움을 피로 삭이러 오고
네 눈물은 수천 세월을 끊임없이 흐려 놓았다
여기는 먼 남쪽 땅 너 쫓겨 숨음직한 외딴곳
달빛 너무도 황홀하여 호젓한 이 새벽을
송기한 네 울음 천길 바다 밑 고기를 놀래고
하늘 가어린 별들 버르르 떨리겠고나

몇 해라 이 삼경에 빙빙 도는 눈물을
씻지는 못하고 고인 그대로 흘리웠느니
서럽고 외롭고 여윈 이 몸은
퍼붓는 네 술잔에 그만 지늘겼느니
무서운 정 드는 이 새벽까지 울리는 저승의 노래
저기 성 밑을 돌아나가는 죽음의 자랑찬 소리여

달빛 오히려 마음 어둘 저 흰 등 흐느껴 가신다
오래 시들어 파리한 마음마저 가고지워라

비탄의 넋이 붉은 마음만 낱낱 시들 피느니
짙은 봄 옥 속 춘향이 아니 죽었을라디야
옛날 왕궁을 나신 나이 어린 임금이
산골에 홀로 우시다 너를 따라가셨더라니
고금도 마주 보이는 남쪽 바닷가 한 많은 귀향길
천리 망아지 얼렁소리 센 듯 멈추고
선비 여윈 얼굴 푸른 물에 띄웠을 제
네 한 된 울음 죽음을 흐려 불렀으리라

너 아니 울어도 이 세상 서럽고 쓰린 것을
이른 봄 수풀이 초록빛 들어 물 내음새 그윽하고
가는 댓잎에 초승달 매달려 애틋한 밝은 어둠을
너 몹시 안타까워 포실거리며 훗훗 목메었느니
아니 울고는 하마 죽어 없으리, 오! 불행의 넋이여
우지진 진달래 와직 지우는 이 삼경의 네 울음
희미한 줄 산이 살포시 물러서고
조그만 시골이 홍청 깨어진다

청명

호르 호르르 호르르르 가을 아침
취여진 청명을 마시고 거닐면
수풀이 흐르르 벌레가 호르르르
청명은 내 머릿속 가슴속을 젖어들어
발끝 손끝으로 새어나가나니

온 살결 터럭 끝은 모두 눈이요 입이라
나는 수풀의 정을 알 수 있고
벌레의 예지를 알 수 있다
그리하여 나도 이 아침 청명의
가장 고웁지 못한 노래꾼이 된다

수풀과 벌레는 바고 깨인 어린애
밤새워 빨고도 이슬은 남았다
남았거든 나를 주라

나는 이 청명에도 주리나니
방에 문을 달고 벽을 향해 숨 쉬지 않았느뇨

햇발이 처음 쏟아오아
청명은 갑자기 으리으리한 관을 쓴다
그때에 토록 하고 동백 한 알은 빠지나니
오! 그 빛남 그 고요함
간밤에 하늘을 쫓긴 별상의 흐름이 저러했다

온 소리의 앞소리요
온 빛깔의 비롯이라
이 청명에 포근 축여진 내 마음
감각의 낯익은 고향을 찾았노라
평생 못 떠날 내 집을 들었노라

독(毒)을 차고

내 가슴에 독을 찬 지 오래로다
아직 아무도 해한 일 없는 새로 뽑은 독
벗은 그 무서운 독 그만 훑어버리라 한다
나는 그 독이 선뜻 벗도 해할지 모른다고 위협하고

독 안 차고 살아도 머지않아 너 나 마주 가버리면
억 만 세대가 그 뒤로 잠자코 흘러가고
나중에 땅덩이 모지라져 모래알이 될 것임을
'허무한듸!' 독은 차서 무얼 하느냐고?

아! 내 세상에 태어났음을 원망 않고 보낸
어느 하루가 있었던가 '허무한듸!' 허나

앞뒤로 덤비는 이리 승냥이 바야흐로 내 마음을 노리
매

내 산 채 짐승의 밥이 되어 찢기 우고 할퀴우라 내맡긴 신세임을

나는 독을 차고 선선히 가리라
막음날 내 외로운 혼 건지기 위하여

땅거미

가을날 땅거미 아렴풋한 흐름 위를
고요히 실리우다 휜뜻 스러지는 것
잊은 봄 보랏빛의 낡은 내음이요
임의 사라진 천리 밖의 산울림
오랜 세월 시닷긴 으스름한 파스텔

애달픈 듯한
좀 서러운 듯한
오! 모두 다 못 돌아오는
먼 — 지난날의 놓친 마음

북

자네 소리하게 내 북을 잡지

진양조 중머리 중중머리
엇머리 잦아지다 휘몰아 보아

이렇게 숨결이 꼭 맞아서만 이룬 일이란
인생에 흔치 않아 어려운 일 시원한 일

소리를 떠나서야 북은 오직 가죽일 뿐
헛 때리면 만갑이도 숨을 고쳐 쉴밖에

장단을 친다는 말이 모자라오
연창(演唱)을 살리는 반주쯤은 지나고
북은 오히려 콘덕터요

떠받는 명고(名鼓)인디 잔가락은 온통 잊으오

떡 궁-동중정(動中靜)이오 소란 속에 고요 있어

인생이 가을같이 익어 가오

자네 소리하게 내 북을 치지

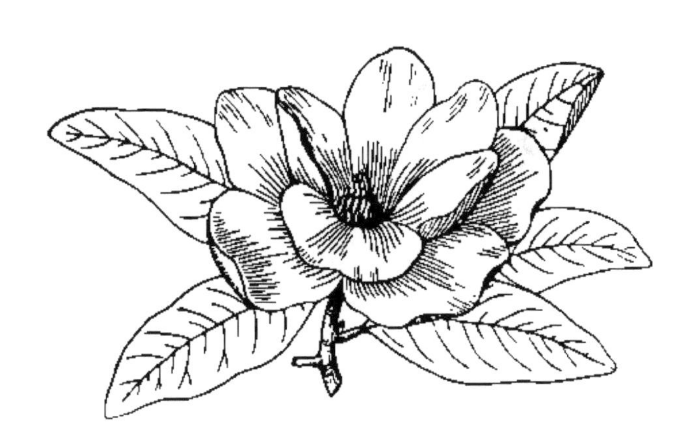

오월

들길은 마을에 들자 붉어지고
마을 골목은 들로 내려서자 푸르러졌다
바람은 넘실 천이랑 만이랑
이랑이랑 햇빛이 갈라지고
보리도 허리통이 부끄럽게 드러났다
꾀꼬리도 엽태 혼자 날아볼 줄 모르나니
암컷이라 쫓길 뿐
숫놈이라 쫓을 뿐
황금 빛난 길이 어지럴 뿐
얇은 단장하고 아양 가득 차 있는
산봉우리야 오늘밤 너 어디로 가버리련

오월 아침

비 개인 5월(五月)아침
혼란스런 꾀꼬리 소리
-찬엄(燦嚴)한 햇살 퍼져 오름내다

이슬비 새벽을 적시올 지음
두견의 가슴 찢는 소리 피 어린 흐느낌
한 그릇 옛날 향훈(香薰), 엇지
이맘 홍근 안저젓스리오만은
이아침 새 빛에 하늘대는 어린 속잎들
저리 부드러웁고
그 보금자리에 찌찌찌 소리 내는 잘새의
발목은 포실거리어
접힌 다음 구긴 생각 이제 다 어루만저젓나보오

꾀꼬리는 다시 창공9蒼空)을 흔드오

자랑찬 새 하늘을 사치스래 만드오

몰핀 냄새도 잊어버렸대서야
不惑이 자랑이 되지 않소
아침 꾀꼬리에 안 불리는 魂이야
새벽 두견이 못 잡는 마음이야
한 낮이 정익(靜謚)하단들 또 무얼하오

저 꾀꼬리 무던히 소년(少年)인가 보오
새벽 두견이야 오-랜 중년(中年)이고
내사 불혹(不惑)을 자랑턴 사람

묘비명

생전에 이다지 외로운 사람
어이해 뫼아래 비(碑)돌 세우오
초조론 길손의 한숨이라도
헤어진 고총에 자주 떠오리
날마다 외롭다 가고 말 사람
그래도 뫼아래 비돌 세우리
'외롭건 내 곁에 쉬시다가라'
한되는 한마디 삭이실난가

낮의 소란 소리

거나한 낮의 소란 소리 풍겼는데

금시 퇴락하는 양

묵은 벽지의 내음 그윽하고

저쯤 예사 걸려 있을 희멀끔한 달

한 자락 펴진 구름도 못 말아 놓는 바람이어니

묵근히 옮겨 딛는 밤의 검은 발짓만

고뇌인 넋을 짓밟누나

아! 몇 날을 더 몇 날을

뛰어 본 다리 날아 본 다리

허전한 풍경을 안고 고요히 선다

내 홋진 노래

그대 내 홑진 노래를 들으실까
꽃은 가득 피고 벌떼 잉잉거리고

그대 내 그늘 없는 소리를 들으실까
안개 자욱이 푸른 골을 다 덮었네

그대 내 홍 안 이는 노래를 들으실까
봄 물결은 왜 이는지 출렁거리네

내 소리는 꿰벗어 봄철이 실타리
호젓한 소리 가다가는 씁쓸한 소리

어슨 달밤 빨간 동백꽃 쥐어 따서
마음씨냥 꽁꽁 주물러 버리네

망각

걷던 걸음 멈추고 서서도 얼컥 생각나는 것
죽음이로다
그 죽음이사 서른 살 적에 벌써 다 잊어버리고
살아왔는디
웬 노릇인지 요즘 자꾸 그 죽음 바로 닥쳐 온 듯만
싶어져
항용 주춤 서서 행길을 호기로이 달리는 행상(行喪)을
보랐고 있느니

내 가 버린 뒤도 세월이야 그대로 흐르고 흘러가면
그뿐이오라
나를 안아 기르던 산천도 만년 하염없이 그 모습
아름다워라
영영 가버린 날과 이 세상 아무 가겔 것 없으메
다시 찾고 부를 인들 있으랴 억만 영겁이 아득할 뿐

산천이 아름다워도 노래가 고왔더라도 사랑과 예술이
쓰고 달금하여도
그저 허무한 노릇이어라 모든 산다는 것
다 허무하오라
짧은 그동안이 행복했던들 참다웠던들 무어
얼마나 다를라더냐
다 마찬가지 아니 남만 나을러냐? 다 허무하오라

그날 빛나던 두 눈 딱 감기어 명상한대도 눈물은
흐르고 허덕이다 숨 다 지면 가는 거지야
더구나 총칼 사이 헤매다 죽는 태어난 비운(悲運)의
겨레이어든
죽음이 무서웁다 새삼스레 뉘 비겁할소냐마는
비겁할소냐마는
죽는다—고만이라—이 허망한 생각 내 마음을 왜 꼭
붙잡고 놓질 않느냐

망각하자—해본다 지난날을 아니라 닥쳐오는
내 죽음을

아! 죽음도 망각할 수 있는 것이라면

허나 어디 죽음이사 망각해질 수 있는 것이냐

길고 먼 세기(世紀)는 그 죽음 다 망각하였지만

바다로 가자

바다로 가자 큰 바다로 가자
우리 인제 큰 하늘과 넓은 바다를 마음대로 가졌노라
하늘이 바다요 바다가 하늘이라
바다 하늘 모두 다 가졌노라
옳다 그리하여 가슴이 뻐근치야
우리 모두 다 가자구나 큰 바다로 가자구나

우리는 바다없이 살았지야 숨 막히고 살았지야
그리하여 쪼여들고 울고불고 하였지야
바다 없는 항구 속에 사로잡힌 몸은
살이 터져나고 뼈 퉁겨나고 넋이 흩어지고
하마터면 아주 거꾸러져 버릴 것을
오! 바다가 터지도다 큰 바다가 터지도다

쪽배 타면 제주야 가고오고

독목선(獨木船) 왜섬이사 갔다왔지
허나 그게 바달러냐
건너뛰는 실개천이라
우리 3년 걸려도 큰 배를 짓잖구나
큰 바다 넓은 하늘을 우리는 가졌노라

우리 큰 배 타고 떠나가자구나
창랑을 헤치고 태풍을 걷어차고
하늘과 맞닿은 저 수평선 뚫으리라
큰 호통하고 떠나가자구나
바다 없는 항구에 사로잡힌 마음들아
툭 털고 일어서자 바다가 네 집이라

우리들 사슬 벗은 넋이로다 풀어놓은 겨레로다
가슴엔 잔뜩 별을 안으렴아
손에 잡히는 엄마별 아기별
머리 위엔 그득 보배를 이고 오렴
발아래 좍 깔린 산호요 진주라
바다로 가자 우리 큰 바다로 가자

빛깔 환히

빛깔 환히
동창에 떠오름을 기둘리신가
아흐레 어린 달이
부름도 없이 홀로 났네

월출동령(月出東嶺)
팔도 사람 다 맞이하소
기척 없이 따르는 마음
그대나 홀히 싸안아 주오

새벽의 처형장(處刑場)

새벽의 처형장에는 서리 찬 마(魔)의 숨길이 휙휙
살을 에웁니다
탕탕 탕탕탕 퍽퍽 쓰러집니다
모두가 씩씩한 맑은 눈을 가진 젊은이들 낳기 전에
임을 빼앗긴 태극기를
도루 찾아 3년을 휘두르며 바른 길을 앞서 걷던
젊은이들
탕탕탕 탕탕 자꾸 쓰러집니다
연유 모를 떼죽음 원통한 떼죽음

마지막 숨이 다 저질 때에도 못 잊는 것은
하현 찬 달아래 종고산(鐘鼓山) 머리 나르는 태극기
오…… 망해가는 조국의 모습
눈이 차마 감겨졌을까요

수풀 아래 작은 샘

수풀 아래 작은 샘
언제나 흰 구름 떠가는 높은 하늘만 내어다보는
수풀 속의 맑은 샘
넓은 하늘의 수만별을 그대로 총총 가슴에 박은
작은 샘
두레박이 쏟아져 동이 갓을 깨지는 찬란한 떼별의
흩는 소리
얽혀져 잠긴 구슬손결이
웬 별나라 휘 흔들어 버리어도 맑은 샘
해도 저물녘 그대 종종걸음 훤듯 다녀갈 뿐 샘은
외로와도
그 밤 또 그대 날과 샘과 셋이 도른도른
무슨 그리 향그런 이야기 날을 새웠나
샘은 애끈한 젊은 꿈 이제도 그저 지녔으리
이 밤 내 혼자 내려가 볼꺼나 내려가 볼꺼나

언 땅 한 길

언 땅 한 길 파도 파도
광이는 아프게 맞히더라
언 — 대로 묻어두기 불쌍하기사
봄되어 녹으면 울며 보채리

두자 세치를 눈이 덥혀도
뿌리는 얼신 못 건드려
대 죽고 난 이 3월 파르스름히
풀잎은 깔리네 깔리네
이 밤 내 혼자 내려가 볼꺼나 내려가 볼꺼나

연 1

내 어린 날!
아슬한 하늘에 뜬 연같이
바람에 깜박이는 연실같이
내 어린날 ! 아 슬프다

하늘은 파-랗고 끝없소
평평한 연실은 조매롭고
오! 흰 연 그새에 높이
아실아실 떠놀다 내 어린 날!

바람이러 끊어 갔다면
엄마 아빠 날 어찌 찾어

연 2

좀평나무 높은 가지 끝에 얼킨 다 해진 흰실낫을
남은 몰라도
보름 전에 산을 넘어 멀리가 버린 내연의 한 알 남긴
서러움의 첫씨
태어난 뒤 처음 높히 띄운 보람 맛본 보람
안 끈어젓드면 그렇수 없지
찬바람 쐬며 코ㅅ물 흘리며 그겨울내 그실낫 치어다
보러 다녔으리
내 인생이란 그때버텀 벌서 시든 상 싶어
철든 어른을 뽐내다가도 그흰실낫같은 病[병]의
실마리
마음 어느 한구석에 도사리고 있어 얼신거리면
아이고! 모르지
불다 자는 바람

타다 꺼진 불똥

아! 인생도 겨래도 다 멀어지든구나

춘향

큰칼 쓰고 옥에 든 춘향이는
제 마음이 그리도 독했던가 놀래었다
성문이 부서져도 이 악물고
사또를 노려보던 교만한 눈
그는 옛날 성학사 박팽년이
불지짐에도 태연하였음을 알았었니라
오! 일편단심

원통코 독한 마음 잠과 꿈을 이뤘으랴
옥방(獄房) 첫날밤은 길고도 무서워라
설움이 사모치고 지쳐 쓰러지면
남강의 외론 혼은 불리어 나왔느니
논개! 어린 춘향을 꼭 안아
밤 새워 마음과 살을 어루만지다

오! 일편단심

사랑이 무엇이기
정절이 무엇이기
그 때문에 꽃의 춘향 그만 옥사하단 말가
지네 구렁이 같은 변학도의
흉측한 얼굴에 까무러쳐도
어린 가슴 달큼히 지켜 주는 도련님 생각
오! 일편단심

상하고 멍든 자리 마디마디 문지르며
눈물은 타고 남은 간을 젖어 내렸다
버들잎이 창살에 선뜻 스치는 날도
도련님, 말방울 소리는 아니 들렸다
삼경(三更)을 세우다가 그는 고만 단장(斷腸)하다
두견이 울어 두견이 울어 남원 고을도 깨어지고
오! 일편단심

깊은 겨울밤 비바람은 우루루루
피칠 해 논 옥창 살을 들이치는데

옥(獄)죽음한 원귀들이 구석구석에 휘휘 울어
청절 춘향도 혼을 잃고 몸을 버려 버렸다
밤새도록 까무러치고
해 돋을녘 깨어나다
오! 일편단심

믿고 바라고 눈 아프게 보고 싶던 도련님이
죽기 전에 와 주셨다 춘향은 살았구나
쑥대머리 귀신 얼굴 된 춘향이 보고
이도령은 잔인스레 웃었다 저 때문의 정절이
자랑스러워
`우리 집이 팍 망해서 상거지가 되었지야'
틀림없는 도련님 춘향은 원망도 안 했니라
오! 일편단심

모진 춘향이 그 밤 새벽에 또 까무러쳐서는
영 다시 깨어나진 못했었다 두견은 울었건만
도련님, 다시 뵈어 한을 풀었으나 살아날 가망은
아주 끊기고
온몸 푸른 맥도 홱 풀려 버렸을 법

출도(出道) 끝에 어사는 춘향의 몸을 거두며 울다
`내 변가(卞哥)보다 잔인 무지하여 춘향을 죽였구나'
오! 일편단심

한 줌 흙

본시 평탄했을 마음 아니로다
구지 톱질하여 산산 찌저노았다

風景[풍경]이 눈을 흘리지 못하고
사랑이 생각을 흐리지 못한다

지처 원망도 않고 산다

대체 내노래는 어디로 갔느냐
가장 거룩한 것 이 눈물 만

아쉰 마음 끝네 못빼았고
주린 마음 끄덕 못배불리고

어피차 몸도 피로워졌다
밧비 棺[관]에 못을 다저라

아무려나 한줌 흙이 되는구나

강 물

잠자리 서뤄서 일어났소
꿈이 고웁지 못해 눈을 떴소

베개에 차단히 눈물은 젖었는데
흐르다 못해 한 방울 애끈히 고이었소

꿈에 본 강물이 몹시 보고 싶었소
무럭무럭 김 오르며 내리는 강물

언덕을 혼자서 지니노라니
물오리 갈매기도 끼륵끼륵

강물은 철 철 흘러가면서
아심찬이 그 꿈도 떠싣고 갔소

꿈이 아닌 생시 가진 설움도

작고 강물은 떠신고 갔소.

[부록]

김영랑
수필

감나무에 단풍 드는 전남(全南)의 9월

이봐요, 저 감이 이 하루 이틀 아주 골이 붉었구료. 아직 큰 바람이 일지는 않겠지요. 참, 그보다도 저 감잎 물든 것 좀 보아요. 밤중에 들었는가, 새벽녘에 들었을까.

이번은 그 첫물 드는 꼭 그 시간을 안 놓치고 보리라 했더니 올해도 또 놓쳤구료. 감잎은 퍽은 물들기가 좋은가 보아, 그러기에 보리라 보리라 벼르는 내 눈을 기어이 속이고 어느 틈에 살짝 물이 들었지. 그 옆에 동백나무 는 사시 푸르고만 있잖은가. 만일 동백이란 열매라도 맺지 않는다면 저 나 무는 참으로 이 가을철을 모르는 싱거운 나무지요. 아닙니다, 아닙니다. 사시 애가 없이 푸르청청하고 있대서 싱겁달 나무는 아닙니다. 그 동백이 바 로 그저께부터 십자로 쫙쫙 벌어지지 않았습니까. 그 두꺼운 푸른 껍질이 쫙 벌어지면 까만 알맹이 동백이 토르륵 하고 빠져 쏟아지는데 풀 위에 꿈을 맺는 이슬같이 구르지요. 달밤에 감이 툭툭 떨어져선 깨쳐지는 이슬이 빛나는 것도 좋지마는 동백 한 알이 토록 하는데 그이는 고개를 슬쩍 들고 그 서슬에 나는 흘긋 건너다보고 그 밤은 무던히 좋은 꿈을 꾸며 자는 적이 많습니다.

그 불타는 꽃의 정열에 비기어 그 알이 하나 빠지는 것은 어찌 그렇게도 고담(枯淡)한가! 하늘에 별이 포감포감 박혔듯이 새빨간 꽃이 포기포기 그 싯푸른 잎새마다 하나씩 맞물고 맞물리우고 있지 않았는가. 동백 잎같이 진 하게 빨간 꽃은 없습니다. 동백나무를 어느 누가 화초로 가상타 하여 가꿀 까요.

내 마음과 뜻이 자꾸자꾸 퇴색하여 가는 때 다시 물들여 주고 되살려 주는 내 생명의 나무인 것을. 그 동백이 까만 껍질에 싸인 씨가 있고 그 놀미한 씨를 짜면은 기름입니다. 그 기름이 그이의 검은 머리칼을 윤내어 주는 줄 은 알지마는 과연 귀여운 요새 여인네들이 바르시는지는 모를 일입니다. 동백 잎과 꽃에 그리도 많이 길리운 내 마음이 그 잎과 꽃의 정열보다도 그 알 의 고요히 빠지는 정숙을 이다지도 좋아해졌을까 스스로 의심스럽소.

달이 밝고 바람은 살래살래 흘러드는 서늘한 9월 밤이요, 마루간에 가끔 한 마리씩 쫓기어 드는 모기를 날리면서 핼쓱해져 가는 구름이나 바라고 앉았노라면 밤도 깊습니다. 동백은 바로 풀 위의 이슬 위에 받습니다. 톡, 토 륵, 토르륵, 셋이 빠진 듯하면 좀 사이를 둡니다. 다른 놈이 또 빠질 그 사 이가 좀 떨어지는 것이 오히려 더 신통하오. 일어서서 안 나아갈 수 없나이다.

달빛이 희고 이슬이 빛나는데 토륵 하는 동백 한 알, 천지의 오묘하고 신비함이 이 밤 그 나무그늘 밑에 있는 듯싶습니다. 나는 눈이 어둡지 않아 이렇게 좋을 데가 없소이다. 귀가 막히지 않아 이리 복 될 데가 없습니다.

나는 내 고향이 동백이 클 수 있는 남방임을 감사하나이다. 잎과 꽃의 그 봄이 시들었음이 아니로되, 동백 한 알이 빠져 이 긴 밤의 이리 고요하고 느껴움은 이 철 9월이 주는 은혜외다.

어리석은 나이는 자꾸 늘어 슬픈 일도 되오마는 그 나이를 안 먹고 있으면 보다 더 슬픈 일이지요. 막연하게나마 인생의 깊숙한 맛은 나이가 먹어가야 만 정말

맛볼 것만 같소이다. 차차 봄을 떠나는 맛이요, 웃옷 벗고 푸대님으로 거니는 맛이요, 말없이 마루간에 혼자 앉아있는 맛이지요. 비록 “옷을 벗어 갈수록 예뻐지는 내 여인아”하는 그 나체(裸體) 예찬은 아닐지라도 이따금 벌거숭이로 거닐어 보고 싶은 때가 있소이다.

9월에 감이나 동백만이 열매이오니까, 오곡백과지요. 뜰 앞에 은행나무는 우리 부자가 땅을 파고 심은 지 17, 8년인데 한 아름이나 되어야만 은행을 볼 줄 알고 기다리지도 않고 있었더니 천만의외이 여름에 열매를 맺었소이다. 몸피야 뼘으로 셋하고 반, 그리 크잖은 나무요, 열매라야 은행 세 알인데 전 가족이 이렇게 기쁠 때가 없소이다. 의논성이 그리 자자하지 못한 아버지와 아들이라 서로 맞대고 기쁜 체는 않지만 아버지도 기뻐합니다. 아들 도 기뻐합니다. 엄마가 계시더면 고놈 세 알을 큰 섬에 넣어 가지고 머슴들을 불러대어 가장 무거운 듯이 왼 마당을 끌고 다니시는 것을. 봄에 은행잎은 송아지 첫 뿔나듯이 뾰족하니 돋기 시작하여 차차 나팔같이 벌어지고, 한여름은 동백잎에 못지않게 강렬히도 태양에게 도전하고, 이 가을 들어선 바람 한 번에 푸름이 가시고 바람 한 번에 온통 노래지고 바람 한

번에 아 주 흩어지는데 다른 단풍 같지 않고 순전히 노란빛이 한 잎, 두 잎 맑은 허 공을 나는 것은 어떻다 말씀할 수 없습니다. 노령이신 아버지라 말씀이 없고 괴벽인 아들이라 말이 없고 50생남쯤 되는 이 열매를 처음 보고도 서로 가 은연히 기뻐할 뿐이외다.

어린놈이 "그 은행 익으면 조부님 젯상에 놀래요." 하는 데는 파흥(破 興) 아니할 수 없나이다. 이 아침에 동백이 또 토록 하는 통에 내 맨발로 또 금빛 이슬을 깨칩니다. 청명을 들이마시며 거닙니다. 시 — 실 — 호 — ㄹ 호르르르르 — 저 대삽(숲) 속에서는 호반새가 웁니다. 벽안흑모(碧眼黑毛) 긴 꼬리를 달고 날면 그림자만 알릉거리는 것 같은 호반새 종다리 소리 같고도, 더 맑은 꾀꼬리 소리 같고도, 더 점잖은 가락은 요새 아침마다 연 약한 벌레 소리를 누르고 단연 하이든의 안단테 칸타빌레를 노래합니다. 아 침마다 참새들은 집에 붙어 있질 않습니다. 고놈들의 넓은 목장이 있는 탓입니다.

후여후여 까까 — 후여 새를 몰고 쫓는 소리올시다. 어떤 때는 예사로 멋 도 있게 들리는 후여까까, 그 애들의 헐벗은 옷이 축축 늘어진 벼이삭과 함께 아침 이슬에 후줄근히 젖었을 것입니다. 나락을 심어 먹기 시작한 때부터의 이 후여까까 소리, 만리 이역을 가시더라도 이 가을 아침이 되면 귀에 익어 쟁명할 그 소리는 우리들의 살 속 깊이 스며든 지 벌써 오랜 옛날이외다. 대삽에서 우렁찬 바람이 터져나옵니다. 지용의 '청대나무'입니다. 대 에 나무를 붙여서 읊는 지용은 용하게도 동백을 춘(椿)나무라 읊습니다. 대나무의 고장인 이곳에선 삼척동자라도 대지, 대나무는 아니합니다. 그 대밭이 하도 많이 큰 게 있어서 한 동리의 한 촌락을 흔히 에워싸고 있습니다.

그 대밭을 대삽이라 부르지요. 죽순이 송아지 뿔나듯이 나오면 한 자 자랄 녘에 끊어서 나물을 만들어 먹는데 그 맛이 천하일품, 그리하여 평양서는 굳은 큰 대를 잘라서 삶는다는가 봅니다. "이른봄 3월이니 남도에는 죽순이 났겠다"고 하신 시인이 계신 듯하나 죽순은 6월 초에야 지각을 뚫고 나옵니다. 그 놈이 죽순일 때에 다 커버리고 2년이 되면 다 굳어 버리어 설풍을 이겨냅니다. 「눈 맞아 휘어진 대의」 시조가 생긴 탓입니다. 9월 중추명월 이 곳 남녀 젊은이의 성사(盛事)는 〈강강수월래〉의 원무회와 장정들 씨름판이외다.

부녀의 원무회는 새벽 한시경이면 헤어지지마는 시새워서들 성장을 꾸미고 출회하던 양이 볼 만하고 장정들의 씨름판은 밤을 새우고 동천강(東天江)이 되더라도 좀처럼 끝나지를 않습니다. 대개는 5, 6일쯤 같은 기간을 두고 농촌 장정 부녀는 연중 가장 유쾌합니다. 그도 그럴 일이지요. 오곡이 다 익었거든요. 명월은 그렇듯이 젊음을 꾀어낼 만하거든요. 아무튼 이 두 행사 는 이곳의 아름다운 정조(情調)를 가장 많이 가지고 있습니다.

자! 9월도 늦어갑니다.

마루 끝의 발을 걷어치웁시다.

도시 말로 하이킹을 나서 볼까, 정병 5, 6인 손끝에 날랜 대창을 지녔소.

곧 산에 오르는 스틱이요, 밤 까는 창이외다. 배낭에 술을 넣을 것은 없습니다. 산중에라도 술잔이나 주는 사람이 없을라구요. 술잔이나 마시면 익혀 논 육자배기가 가을 하늘에 높이 뜹니다.

평지에서 바라다보아도 그 톱니 같은 산봉우리들, 발밑이 간지러운 월출산 (月出山)은 단풍의 불타는 골짜기로 쌓였고 그 천왕봉(天王峰)·구정봉(九鼎峰)에서는 논

문서를 올려다가 자식들 불러 나눠주고 천만대손손 막등월 출산(千萬代孫孫 莫登月出山)하라고 유언하신 군자가 계신 만큼 험한 곳이 지요. 윤고산(尹孤山)은 월출산(月出山) 시조로 무던히 사랑했던 곳이요, 그 산뿌저리에 무위사(無爲寺) 있고, 오도자(吳道子)의 벽화가 절품입니다.

정다산(丁茶山)이 계시던 백련사(百蓮寺)는 남쪽 구강위에 우뚝 솟은 선경이요, 죽도(竹島) 앞에 매일 배타고 일월을 보낸 다산(茶山)의 늠름한 풍모를 그려 볼 수 있나이다. 고래 수백 년이 강물 위를 배타고 적소 참하신 한 많은 선비, 얼마나 많았을까. 남병사영(南兵使營)이던 병영 평야에 경병사 병의 조련소리도 그치고 그 뒤 수인산성(修仁山城)도 가을 단풍만 곱습니다. 소속을 장흥(長興)과 다루는 동남의 천관산에 흰 수건 쓴 호랑이 백주 에 돌아다니시고 그 산 밑에 청자기 굽던 자리가 있습니다. 과학자들이 그 산 흙을 더러 가지러 오고 채굴 이상 금도 성행하오. 골의 주봉 보은산 우두봉(牛頭峰)에 가을의 정기인 듯 쫙 깔린 산국화를 깔고 앉아 사면을 굽어 면 일폭 산수도에 들어앉은 선인이요, 구강이 하얗게 흘러흘러 제주에 이름을 봅니다. 그대로 외줄기 봉을 타고 백두산 상봉까지 삼천리 기어오를 것 같소이다.

강진(康津)·해남(海南)을 아실 이가 드물지요. 경원(鏡源)·종성(鐘城)을 잘 모르듯이. 그러나 거기서 여기가 꼭 삼천리, 쩔읍고 좁아서 우리의 한이 생겼는 것을 더러 서울 친구들은 지도를 펴놓고 멀다멀다 오기를 무서워하나이다. 고향살이 십여 년, 옛날의 사향가(思鄕歌)·회향병(懷鄕病)은 찾을 수 없소. 오히려 멀리 타향 가 계시는 죽마고우가 그리워지고 그리하여 등 산대원이 차차 줄어드는 세상이 되고 보니 고향이랬자 쓸쓸할 뿐이외다.

올해도 강강수월래 씨름판을 못 설 겝니다. 이 가을도 쓸쓸하지요.

《朝光[조광]》 1938년 9월

박용철(朴龍喆)과 나

朴龍喆[박용철] 全集[전집] 1권 後記[후기]

용철(龍喆)이, 용철이 다정한 이름이다. 스무 해를 두고 내 입에서 그만큼 많이 불려진 이름도 둘을 더 꼽아 셀 수 없을 것 같다. 20년 후 처음으로 벗을 알게 되면서부터 그 이름을 부르기 시작하여 나는 여태껏 가장 허물없고 다정하고 친근하고 미더운 이름으로 용철(龍喆)이, 용철이, 불러 온 것 이다.

아! 그가 영영 가 버리고 만 오늘 나는 그대로 그 이름을 자꾸 불러 보아 오히려 더 친근하고 다정하여 혓바닥에 이상한 미각(味覺)까지 생겨나는 것을 깨닫나니 아마 내 평생을 두고도 그러 아니치 못하리로다. 용철이, 용철이, 서로 이역(異域) 하늘 밑에 서툰 옷들을 입고 손을 잡아 아는 체하던 바로 그때부터 가장 가깝고 친한 사람이 되었었고 한 솥에 밥을 먹고 한 이불 속에 잠을 자고 한 책을 둘이 펴던 시절이 무던히 길었

었나니 실상 벗은 그 때 아직 문학(文學)이니 시(詩)니 생각도 않던 때 내 공연히 벗을 끌어들여서 글을 맛붙이게 하고 글재주를 찾아내려 하였던 것이니 지금 생각해 보면 나는 일생에 큰 죄를 지어 논 듯싶도다.

벗이 학원(學園)의 수재(秀才)로 이름이 높고 특히 수리(數理)의 천재로 교사의 칭찬이 자자하던 때 나는 작은 악마와도 같이 그를 꼬여내어서는 들판으로 산길로 끝없이 헤맸던 것이다. 친한 벗이 끌어당기면 하는 수도 없었던가, 강남(江南)도 가지 않았느냐? 언덕에 송아지는 어미 팔아서 동무 사 달라 한다지마는 내 벗 용철(龍喆)이가 수학(數學)을 팔아서 동무를 사 놓고 보니 아무짝에도 몹쓸 놈이었던 것이다. "윤식(允植)이가 나를 오입 (誤入)을 시켰다"는 말버릇을 최근까지 장난삼아 한 적이 있으니 과언이냐, 벗아 문학은 벗의 제2의적(第二義的)인 인생 부문(人生部門)으로 누리어도 좋았던 것일까? 더구나 벗이 이리도 일찍이 가버리시니 긴 평생을 두 고 걸어서 대성을 꿈꾸던 그대와 나의 한(恨) 중의 한이 아닐 수 없도다.

벗과 서로 시골살이를 하여 백여 리 길을 새에 두고 가고 오고하던 시절, 벗은 시(詩)를 비로소 씹어 맛보시더니 불과 몇 날에 천균명편(千鈞名篇)을 툭툭 쏟아내지 않았던가!

벗의 문학은 그 다음이라 치더라도 벗의 시(詩)는 완전히 그 고향살이 30 년 새에 이룬 것이다. 일가(一家)를 이루어 세상에 나서기까지 벗의 유일한 글벗이었던 나는 벗의 시업 수련(詩業修練)의 도정(道程)을 가장 잘 살필 수 있는 백여 통의 편지 뭉치를 —연서(戀書)같이 보배같이 아끼고 간직 해 온 뭉치 —벗이 살아 계실 때나 가신 오늘도 가끔 풀어서 읽어 보아 아기자기한 기쁨을 맛보는 버릇이 있지마는 실로 한 시인이 커날 제 그이만 큼 부지런하고 애쓰신 이도 있는가 하여 새삼스레 놀라는 것이다. 스스로 내놓으신 명편 가작(名篇佳作)을 그는 매양 사양하고 부족해 여기던가 하면 남의 시(詩) 한 편을 붙들고 그렇게 삽삽이 고비고비 뒤집고 파 들어가서 완전히 알아버리고 맛보아 버리던 천재형(天才型) 머릿속에는 이 세상의 이른 바 명시(名詩)가 거의 다 한번에 노래하고 춤추고 있었던 것이요, 그리하여 그의 시의 수준은 속에서 크고 남이 알 바 아니었으니 일조일석(一朝一夕) 에 웅편(雄篇)이 쏟아져 나옴도 괴이치 않은 노릇이로다.

오늘날 우리 시원(詩苑)의 명화(明花)요, 또 유일한 시론가(詩論家)로의 지위를 점(占)하여 그만한 담당(擔當)을 쾌히 해내려 온 것도 결코 우연한 일이 아니요, 옛날의 수학(數學)을 아주 팔아 없앴음이 아님을 알 수 있으니 내 속죄도 좀은 되었다 할까. 20전에 어느 자리에서 문학을 경멸해 버린 일이 있었던 그 때가 바로 얼마 전 10년을 더 살자, 시를 위해 10년을 더 살자, 하지 않았던가. 음향에 귀가 어둡다고 못마땅해 하던 벗이 넉넉히 시 구(詩句)의 음향적 연락(連絡)을 한번 캐어 보고 다 알지 않았던가. 자신 비정서적(非情緒的)임을 한탄하시면서 어찌면 그리도 넉넉히 지용(芝溶)의 「유리창」을 샅샅이 캐고 해석할 수 있었느냐.

아! 벗이 가신 뒤 또 그만한 일을 우리를 위해해 주실 이 어디 있단 말이냐. 오늘 우리의 시원(詩苑)은 한 시인의 죽음으로 두 가지의 크나큰 손실을 입은 바 되니 어찌 통탄 아니하랴. 혹은 모른다. 벗은 그 특이한 천재가 오히려 그의 창작을 괴로웁게 하지 않았는가?

그러나 우리는 그의「떠나가는 배」와 「밤 기차(汽車)」두 편만 읽을 수 있더라도 그런 재앙은 애당초에 받지 않았음을 알 수 있다. 그의 어느 시 한 편이고 이른바 단명적(短命的)인 구(句)가 아닌 것이 없었지마는 그리하여 오히려 시로서 아름다웠던가! 이 두 편의 시는 시인 용철을 말할 때뿐 아 니라 통틀어 우리 서정시를 말할 때 반드시 논의되고 최고의 찬사를 바쳐야 될 걸작이라 할 것이다.

벗의 전기(傳記)를 쓰는 바 아니매 이 두 편이 나오던 시절 시인이 겪은 고민이며 내지 생리까지를 말하기에는 나로서는 첫째 눈물이 앞서 못할 일이니 그만두기로 한다.

벌써 10년 전 일이로다. 우리는 서울로 지용(芝溶)을 만나러 왔었다. 그렇다, 순전히 지용을 만나러 왔었다. 지용을 만나서 셋이서 일어서면 우리 서정시(叙情詩)의 앞길도 찬란한 꽃을 피게 되리라는 대망(大望)! 썩 가상(嘉 賞)치 않았느뇨. 그때의 지용은 벗 용철과 같이 살도 변변히 찌질 못하고 한방에 앉아 있으면 그 마른 품으로 보든지 재조(才操)가 넘쳐 뵈는 점으로 보든지 과연 천하의 호적수(好敵手)로 여겨지던 때이다.(그 뒤 지용은 뚱뚱 해지고 용철 벗은 더 야위어만 갔다.) 물론 지용과는 둘이 다 초면(初面), 그 초면이 하루에 1년, 열흘에 10년의 의(誼)는 생겼던 것이다. 그 뒤의

양우(兩友)가 얼마나 우리 시를 위하여 애쓰신 것은 다른 벗들이 다 아시는 바이다.

나는 막역(莫逆) 용철을 생각할 때 그 천생(天生) 포류(蒲柳)의 질(質)임을 이기고 어쩌면 그렇게도 굳세게 시(詩)에의 신념을 가질 수 있었는지 부러워하며 진실한 시의 사도(使徒)이니라 여겨 왔었다. 내 가끔 자기(自己) 시(詩)에 실망하여 지치려 할 때 벗은 과한 격려로 붙들어 주고 내 자유시의 이상(理想)으로 한 시는 한 시형(詩形)을 가질 뿐이라는 엄연한 제약을 세우고 안 쓰인 시형(詩形)을 이루기 전의 시, 오직 꿈인 양 서리는 시를 꿈꾸고 진정 시인은 시를 쓸 수 없어도 좋으리라고까지 떠들지 않았던가.

벗은 내 허망된 소리에 열 번 지지를 표명하여 주셨으니 그리함이 나를 건 져 주는 좋은 방법도 되었던가, 아!

어려서 한솥밥, 한글방 친구가 나이 먹어 가며 가장 가까운 시우(詩友)가 되고 보니 나는 이에서 더 행복일 수 없었다. 그리하여 이제 나는 완전히 박행(薄幸)한 사람이로다. 아! 이 한(恨)이 크도다. 그 아침에 춘장(椿丈)을 뵈옵고 기쓰고 침착하려던 것이 끝내 흐느껴져서

울음이 터지고 벗을 땅 속에 깊이 묻고 밤중에 산길을 쳐서 내려오던 때 몹시 쏟아지는 눈물에 발을 헛딛던 일을 생각하면 벗이 가신 지 겨우 한철이 지난 오늘 이러니저러니 차분한 소리를 쓰고 있는 것이 내 자신 무척 우습고 지극히 천(賤)한 노릇같이 여겨진다. 일찍 처(妻)를 여의어 보고 아들도 놓쳐 보고 엄마도 마 저 보낸 본 나로서는 중(重)한 사람의 죽음을 거의 겪어 본 셈이지마는 내 가 가장 힘으로 믿던 벗의 죽음이라 아무리 운명이라 치더라도 너무 과한 노릇이 아닐 수 없다.

영결식(永訣式)이 끝난 뒤 지용과 단둘이 나중에 남았을 때의 호젓함. 남 은 둘의 심사(心思)야 누구나 알 법도 하지마는"이번은 거꾸로 가지 말고 내 먼저 갈걸, 처음부터 거꾸로니 내 먼저 가지"이런 문답(問答)을 한 일 이 있다. 아무래도 좋은 말이다. 벗을 불렀자, 대답 없는 세상 아니냐. 온갖 다 그릇된 세상 아니냐. 벗이 이제 시왕(詩王)이 아니시니 또 누가 "훈공(勳功)에 의하여 너를 원로(元老)를 봉(封)하리"요. 슬픈 노릇이다. 아 들을 가장 잘 이해하시는 어버이가 계시고 그 밑에 현부인(賢夫人)이 계시도다. 벗아, 눈을 감으라. 세 아들은 삼태성(三太星)같이 빛나고 있나니 생전에 지용과 내 그다지도 권하여도 종시 거절하던 그대의 작품집이 이제는 유고집(遺稿集)으로 누구의 거절도 없이 우리의 손으로 째여나오도다. 그대 그 몸 해가지고 무던히 많이 써 놓았던 것을 누가 알았으랴. 가장 가까운 부인도 놀라시지 않느냐. 캘린더 종잇조각에 끼적여 둔 것을 주워 모아도 일품(逸品)이요, 휴지통에서 건져낸 것도 명편이로다. 태서명시(泰西名詩) 의 역출(譯出)한 분량을 보고 누가 안 놀랄 것이냐. 아무튼 그대는 너무도 몸을 학대 혹사하여 아낄 줄을 몰랐느니라. 너무도 일밖에 몰랐느니라. 아!

그대의 가심을 서러워하고 통곡하고 말 것인가? 나는 그대 가심을 원망까지 않을 수 없다.

(戊寅[무인] 10월 벗의 전집(全集)이 나는 날 영랑(永郞) 씀)

朴龍喆[박용철] 全集[전집] 2권 後記[후기]

대정(大正) 12년 용아(龍兒)의 동경(東京) 생활이 진재(震災)로 하여 중단케 됨에 그는 자랑스럽던 외어(外語)의 멋진 휘장도 떼어 버리고 서울도 벽 촌(僻村) 냉동여사(冷洞旅舍)에 몸을 붙였었다. 연전(延專)을 다니는데 그 때 용아의 말로 하면 위당(爲堂)과 일성(一星) 고(故) 이관용(李灌鎔) 선생 의 시간이 좀 재미난다고 시골 있는 나에게 더러 글월이 있곤 했었다. 위당께 시조(時調)를, 일성께 독일어를 자택에 가서 배우고 있었던 것 같다.

동창이요 친우인 고(故) 염형우(廉亨雨)의 소개로 고(故) 윤심덕(尹心悳) 여사를 알게 되고 피아노의 김영환(金永換) 씨도 알게 되었는데 더러 내가 만나려고 냉동 가면 김씨댁에서 피아노를 배우고 있는 때가 많았다. 윤씨와의 우의(友誼)가 상당히 깊었던 것은 윤씨가 그리 된 뒤로 가끔 윤씨의 가족들을 찾는 것으로 보아 알 수 있었다.

연전(延傳)의 학우로는 염군(廉君) 외에 허연(許然) 씨, 노진박(盧鎭璞) 씨들도 기억이 된다. 이듬해 대정(大正) 13년부터는 학교래야 별로 가는 것 같지 않았고 내가 동경(東京)서 방랑하고 있던 터이라 나의 감상주의(感傷主義)와 문약(文弱)을 비난하는 강경한 글월과 금강산(金剛山) 여행을 처음 하고는 그 풍화(風化)된 산석(山石)을 자기는 무슨 미화(美化)나 시화(詩 化)하는 사람이 아니요, 헤겔이 별 총총한 밤하늘을 외려 더럽게 보던 것같이 금강산도 냉정히 보고 왔노라고 길게 써 보내온 일이 있었다. 나로서는 용아가 문학을 읽어 시, 시조까지 어느 정도를 이해하는 처지임을 아는지라 그가 헤겔의 후생(後生)이 되는 것은 모르되 단순한 이과계통(理科系統)의 학도가 되어 버리기를 원치 않았었다. 더구나 그의 재조(才操)가 아무것이나 하면 되는 사람임에서랴. 연말에 서울 와서 같이 하향하였는데 어쩐 일인지 용아는 나만 만나면 문학에로 문학에로 물들어 간다고 이놈아 나를 오 입(誤入)시키지 말라고 그때부터 하던 말버릇이었다.

대정(大正) 14년 봄, 일찍 상경하여서는 물론 학교는 집어치웠는데 이 사람 냉동 집에서 참으로 독학(獨學)을 시작하였다. 문학서(文學書)의 사독영 어학독일어(肆讀英語學獨逸語) 공부. 실로 무서운 근공(勤工)이다. 여름까지 유경(留京)코는 하향하였지마는 벌서 단기간이라고는 하나 그때 초잡은 공부가 익(翌) 십오 년 또 다음해 봄까지 집에서 그대로 계속하였고 얻은 것이 위병(胃病)이었다. 그래서 삼방(三防)을 갔다. 삼방서 화전(和田)이라 는 미인을 만났는데 만일 그가 일찍 단념치 않았던들 우리 용아는 과연 무슨 방책이 있었을지 지금 생각해 보아도 미소를 금치 못한다. 이당(以堂) 김은호(金殷鎬) 화백(畫伯)도 삼방서 알아진 이요, 그 뒤로 여러 해 친교가 있었다. 그 해 가을에 영랑과 금강산에 갔는데 위병(胃病)이 재발하여 급거 귀경(急遽歸京)해 버렸지마는 그 위병 그놈이 용아를 요절(夭折)케 한 원인 임에 틀림없다. 서울 와서 평동여사(平洞旅舍)에서 영랑과 한방살이를 했었는데 매일같이 본정 이견옥(本町二見屋)이라는 다점(茶店)에 다니기와 가끔 술 마시고 종로 대로를 떠들고 다녀도 거리낄 것 없었던 시대인데 한편 주의 자(主義者)의 접촉이 심하기도 했지마는 용아의 문청(文靑) 시대는 확실히 그때가 아닌가 싶다.

연말에 하향하여 그대로 꼭 들어박혀 1년 반 용아의 시낭(詩囊)은 충실하 여졌었다. 그 동안에 산홍(山紅)이란 기생과 제명(除名)을 날린 일이 있었 지마는 대단치 않았었고 오히려 용아의 대표작인 시품(詩品)은 전부 쏟아져 나왔었다. 프로 시(詩)니 무산문학(無產文學)이니 세상은 시끄럽고 하던 그 때 말하자면 조선시의 정통을 찾고 발전을 바라야 신흥 조선문학이 세계적 수준에까지에라는 이상(理想)이 순수시지(純粹詩誌)를 계획케 하였던 것이니 소화(昭和) 4년 추(秋)에 상경하여 지용(芝

溶)과 합작하고 창간호 나올 임시에 조선적 대사건(大事件)이 폭발하여 중지하고 익춘(翌春)에 창간호는 나왔었다. 옥천동(玉川洞)에 자취집을 정하고 현(現) 미망인(未亡人) 매 (妹) 봉자(鳳子) 씨 등이 지어 주는 밥에 몸소 찬물을 달고 아궁에 불을 넣고 단순히 생활 그것만도 유쾌하였을 것이다. 양심적인 시우(詩友)는 찬동 (贊同)하여 모이고《시문학(詩文學)》은 지금까지의 어느 책보다 깨끗이 무 게 있게 만들어져 나오고 용아는 평생 처음 부딪치는 격정에 자기 스스로 축복됨을 느꼈을 것이다. 옥천동 시대는 짧은 용아 일대(一代)에 특기해야 될 시대인가 싶다.

가을에 친우 염군이 작고(作故)하여 용아는 크게 슬퍼하였다. 가을에 견지 동(堅志洞)으로 옮겼는데《시문학》은 그때에 2호밖에 못냈었다. 원고난(原 稿難)이었다. 12인 왕성히 시작(詩作)을 발표한단 개인지(個人誌)를 바랐을 바 아니고 의미도 없는 노릇이다. 도시 그때 정세의 탓도 있지마는 동인(同 人)들이 편집의 수준을 너무 높여 놓은 잘못도 있다 할 수 있는 동인의 누구나다 아직 순진한 처녀들이었음이 죄라 하면 죄일밖에 없다.

(1월 31일 永郎記[영랑기])

인간 박용철(朴龍喆)

용아(龍兒)가 작고(作故)한 지도 이미 일년유반(一年有半) 햇수로 날짜도 얼마 오래 되었다고야 하겠느냐마는 봄철 가을철 철따라 서울을 올라가서 마음껏 몇날씩 즐기고 돌아오던 일을 생각하면 벌써 작년 봄을 최후로 그의 음성을 못 듣고 그의 모습을 못 대한 지가 퍽이나 오랜 옛날같이 여겨진다.

옛사람일수록 길어지는 가을! 작년 가을만 해도 바로 벗이 거거(居據)하던 두칸 방을 내가 혼자 쓰면서 그의 손때 묻은 종잇조각을 주무르며 유고(遺 稿)를 정리하노라 하였으니 오히려 벗은 내 곁에 있는 성싶었고 유아(遺兒) 들을 어루만지며 벗의 모습도 대하는 양하였다.

이 가을 들면서부터 울적 생각나는 것이 벗이요, 귀에 앵 — 도는 것이 그 의 음성인 데야 뭣할 때 참으로 못 견딜 만큼 세상이 허무해지고 고적(孤寂) 해진다. 가는 마음이 없고 오는 마음이 없으니 허무하고 고적할 밖에 없다.

벗과 사귀어 20년 서로 거슬림 없었던 사이 이젠 때때로 떠오르는 면영(面 影)을 행여 사라지지 않게 생각을 모아 명상에 잠기곤 한다. 용아(龍兒) 가 아직 중학생 때 동반(同班) 우리 학생들의 시회(詩會)?가 열렸던 석상 (席上) 어느 동무 하나이 즉흥(卽興)으로 〈푸른 하늘에서 하얀 눈이 내린 다〉 하였을 때 벗은 그 동무를 바리 보고 〈눈이 내리는데 하늘이 어찌 푸르오〉 하자 좌중은 웃음이 터진 일이 있었다. 시구(詩句)가 되었든 안 되었든 그것을 캐는 것이 아니었다. 푸른 하늘에서 눈이 내릴 리 없어서 그런 질문을 한 것뿐이다. 4년 때에 일고(一高)에 실패하고 5년 마치고 외어독어부 (外語獨語部)에 무난히 들었는데 5년 때 괴테, 하이네를 처음 읽은 탓으로 괴테 때문에 외어독어부(外語獨語部)를 들었노라고 나에게 뽐낼 때는 제법 문청(文靑)같은 소리를 하는 것 같아서 장해 보였다. 딱한 가정 사정으로 외어(外語)는 그만두고 서울 와서 연전 문과(延專文科)에 적(籍)을 두고 1 년간이나 지내는 동안 그의 문학도 본격적으로 들어갔을 때였다.

소설을 쓰고 희곡(戲曲)을 쓰고 소품(小品)을 해 보고 하였다. 윤 ○○양 과 피아노 건반 위에서 얼크러진 상사(相思)?도 그 때였고 위당(爲堂)댁에 서 수주(樹州)에게 절을 받은 것도 그 때였다. 「개」라는 소품(小品)이 수 주(樹州) 맘에 퍽 좋았던 것이라. 그 기벽(奇癖)이 절을 나뿐이 했던 것이 다. 수주(樹州)는 그 때 바로 명시집(名詩集) 『조선(朝鮮)의 마음』을 세 상에 묻고 의기양양(意氣揚揚)하던 시절, 절도 그럴 듯이 나온 셈이다. 학 교에서는 위당(爲堂)의 총애(寵愛)를 받은 것이 사실이니 학생 박군(朴君) 집에 자주 들려서는 고사고문학(古史古文學) 이야기를 잘 들려 주셨음을 나 도 잘 안다 . 나중에 벗이 《시문학(詩文學)》을 창간할 때에도 그러한 관계로 위당(爲堂), 수주(樹州)가 동인(同人)으로 도와주었던 것이다. 냉동여사(冷洞旅舍) 시대는 내지(內地)서나 마찬가지로 몸이 대단히 좋았고 장래를 염려할 일은 도무지 없었으나 몸이 비교적 좋았던 벗에게는 그보다도 한두 가지 딱한 가정 사정이 항상 그를 불안초조하게 하였었고 우울침통(憂鬱沈痛)케 하였었다. 집에 꼭 가 있게 되었고 집에 있는 동안 완전히 소식 (消食)을 못 하게 되고 약수장(藥水場)을 찾아 헤매게 되고 그러느라니 세 상이 넓어지고 아는 사람도 많아져서 심심치는 않았던 모양이다. 한동안 마음에도 없는 어느 여성에게 무던히 졸린 일이 있었는데 저편이 대단한 공세를 취하는 통해 용아(龍兒)가 방어력이 있을 리 없고 무척 애를 쓰다가 결국은 저편에서 퇴진을 하였지마는 밖에 있어서는 크게 불쾌한 일이었다.

약수장(藥水場) 시대에 벗은 시조(時調)를 쓰기 시작했고 그 중 몇 편은 유작집(遺作集)에도 들었다. 용아(龍兒)의 문학의 영향으로 인하여서도 벗은 시조와 시를 한 시대에 같이 하여 왔었는데 나는 그것을 볼 때 속이 상해서 못 견디었다. 좋게 충고를 해 왔었다. 시조를 쓰고 그 격조(格調)를 익혀 놓으면 우리가 이상(理想)하는 자유시(自由詩)·서정시(抒情詩)는 완성할 수 없다고 요새 모(某) 시조 선생이 어느 책에 시조와 시를 동일한 것 같이 쓰시었지마는 그럴 수가 없다. 배구(俳句)도 시와는 물론 같질 않고 더구나 시조는 셋 중에 가장 시와 멀다고 할 것이다. 시조말장(時調末章) 의 격조(格調)를 모르고는 시조를 못 쓸 것이요, 시조로서의 말장(末章)의 존재는 항상 〈시(詩)〉를 재앙할 수 있으니까 시를 힘쓰는 동안은 결코 시조 는 손대지 말 것이다. 말이 딴 길로 흘렀다. 그러나 벗 용아(龍兒)는 시조와 시를 같이 완성하고 말았다. 무엇보다도 치밀한 그 두뇌의 힘이 두 가지를 혼동시키지 않고 잘 섭취하고 배설하였던 것이다. 그러자 좌익 전성(左 翼全盛) 시대가 닥쳐왔었으니 식체(食滯)로 약수장 신세를 진 벗으로 보면 좌익 전성은 또한 큰 식체가 아닐 수 없었다. 무럭무럭 커나가는 그 정치 그룹에까지 접근하질 않는가.

프로 예맹(藝盟)이면 외려 말할 나위나 있었다. 그의 서가(書架)에는 문학 서(文學書)보다는 경제과학서(經濟科學書)가 더 많이 끼워지고 그 이론을 마스터함으로써 우리 같은 문청류(文靑類)는 어린아이로밖에 안 보여졌던 것이다.

나는 그를 위하여 무척 애를 피웠었다. 하다못해 좌익문예(左翼文藝)와 평론(評論)쯤 맛보는 정도로 발을 멈추라고 에렌부르그의 명편(名篇) 『컴 미날의 연관(煙管)』을 나는 그에게 권하여 읽게 하였었다. 실상(實相) 그러한 좋은 작품, 그때 우리 예맹원(藝盟員)의 손으로 씌어지기를 우리의 문학을 위하여 얼마나 바랐던가. 유점사(楡岾寺[유첩사])에서 시작된 토론 이 개잔령(開殘

嶺)을 넘고 고성 삼일포(三日浦)에 이르도록 정치주의(政治 主義) 가부(可否)를 가지고 골을 붉히고 싸우고 말았었다. 결국은 너는 너 대로 나는 나대로 라는 결론뿐이다. 그 때 세계를 풍미(風靡)하던 사조(思 潮)에 벗도 사로잡혔었다. 문학은 그의 도구(道具)라고 여기던 시대이었다.

한번은 좌익(左翼)의 화형(花形)한 분이 용아(龍兒)에게 왔었다가「판대 웅」을 만지작거리면서 문학! 문학이 무엇을 한단 말이요 하는 것을 문학이 문학을 했지 별다른 것 하는 것인 줄아오 하였으니 벗은 고개를 살래살래 흔들면서 결국 문학은 아무것도 아니겠다는 자신 있는 표정을 하지 않는가.

그 뒤 그 화형(花形)은 12차 서문별장(西門別莊)을 가더니만 정치는 밥보다 더 재미있는지 요새는 또 무슨 회의 중역을 하여 광화문통(光化門通) 왕래 (往來)를 하고 있는 것을 보는데 그들의 정치심(政治心)도 가상(嘉賞)타 하겠다. 용아(龍兒)가 어떻게 그 곳에서 전락(轉落)했을까? 역시 딱한 가정 사정이 시골살이를 강제(强制)하였음이다. 거기서 시낭(詩囊)을 배불리 할 수 있었고 상당히 긴 시일을 두고 한아(閑雅)한 향제(鄕第)에서

훌륭한 시 인이 되어 버렸다. 본시 지극한 정열의 인(人)은 아니요, 응당 혈형(血型) B를 가졌을 침착한 용아가 동서 전적(東西典籍)을 풀어헤치고 천균(千鈞) 뇌장을 짜놓았으니 명편가습(名篇佳什[명편가십]) 쏟아져 나올 밖에 없다.

벗이 남긴 근 백 편(百篇)의 시(詩) 대부분 좋은 시가 모두 그 때의 소산이 다. 자신만만하여 가지고 상경하여 지용(芝溶)을 만나서 《시문학(詩文 學)》을 만들던 시절의 벗의 의기는 충천할 만하였다.

《시문학(詩文學)》은 나온 뒤 어느 한 분의 비평문도 얻어 본 일이 없는 것도 기이하였지마는 그러한 순수시지(純粹詩誌)가 그만한 내용과 체재 (體裁)를 가지고 나왔던 것도 당시 시단의 한 경이(驚異)가 아닐 수 없었 다. 다만 세평(世評)대로 너무 고답적(高踏的)인 편집 방침이 해지(該誌)의 수명을 짧게 한 것은 유감이랄 밖에 없다. 뒤이어 《문예월간(文藝月刊)》·《문학》등에서 용아(龍兒)는 명편집인(名篇輯人)이었고 특히《문학》 은 벗의 특이한 편집 취미가 가장 잘 나타나 있다 할 수 있었다. 《문예월간(文藝月刊)》전후하여 당시 세칭(世稱) 해외문학파(海外文學派)의 제우 (諸友)와 긴밀한 교의(交

誼)가 생겼고 말년(末年)까지도 진섭(晋燮) · 헌구(軒求) · 기제(起悌) 대훈(大勳) · 광섭(珖燮) 제형(諸兄)과는 특별한 사이였었다. 여기에 《시문학(詩文學)》때부터의 결우(結友)로 《문예월간 (文藝月刊)》에는 전책임(全責任)을 가지고 계셨을 이하윤(異河潤)형은 용아의 말년에 가까운 (龍兒) 몇 해 어찌 그리도 멀어졌던고. 암만해도 이유를 알 수 없었다. 하윤 형을 여러 번 만났어도 내 용기로는 툭 터놓고 물어 볼 수도 없었다. 하기야 누구보다도 가까운 지용(芝溶) 형과도 《시문학(詩文 學)》3호 편집을 싸들고 약간 내심 충돌이 있었긴 했다.

그러나 양편의 심경을 내가 다 잘 알고 있었으므로 좀 그러나 말게끔 되었다. 말년(末年) 삼사 년 그 두 벗의 교분이 누구보다도 두터웁던 것을 아 는 이는 안다. 그리고 맨 나중으로 사귀인 이양하(李敭河) 씨, 씨의 「실행기(失幸記)」를 읽고 나는 벗의 말년도 행복스러웠음을 알 수 있었다. 벗의 이형(異兄)과 《문예월간(文藝月刊)》을 시작하여 그 첫호가 나왔을 제 나 는 벗을 어찌나 공격하였든고. 2, 3호 이렇게 나올 때마다 실로 내 공격 때문에 벗은 딱한 듯 하였었다. 순정과 양심으로 시작한 《시문학》바로 뒤 에 영합(迎合)과 타협(妥協)

이 보이는 편집 방침, 세상을 모르는 내가 벗을 공격하였음도 지당한 일이었다. 그 다음에 나온 문학은 그래도 깨끗하고 당차지 않았던가. 지금 생각해 보아도 《문예월간》은 문예지로서 2류 이하의 편집밖에 더 될 게 없다. 벗이 시조를 쓰시던 버릇과《문예월간》을 하던 것을 나는 참으로 좋이 여기지 않았었다. 가정생활에 터가 잡힌 뒤 얼마 안 있어 경(輕)한 티푸스를 앓고 그 다음해 봄에는 참으로 올 것이 왔었다.

급보로 상경하니 감기로 누워 있는 것만 밖에 더 안 보이었으나 그 병(病) 의 선고를 받고 그렇게 태연할 수 있는가. 벗이 병을 다스리는 태도는 무던히 침착하였었다. 원체 침착한 선비여서 침통은 할지언정 눈물은 흘리지를 않았었다. 내가 그의 눈물을 본 바 없고 다른 벗이 또한 본 바 없으리라.

중학생 때에 불란서 혁명을 그린 영화를 보고 자칭 로베스피엘을 뽐내고 고 개짓을 야릇하게 하며 눈을 아래로 내리며 〈단통〉을 깔보던 〈로베스피엘〉 그 몸의 병은 넉넉히 이겨낼 수 있었다. 벗이 간신히 일어나서 늦은 봄 모 시 다듬이 겹옷을 입고 경회루 못가에 떠도는 오리를 보면서 한나절을 즐기던 일이 가장 아름다운 기억의 하나이다. 경회루 밑에 앉은 순수 조선색(朝鮮色)을 사진 찍느라고 저편 학생 단체서 야단들이었다. 집이나 옷이나 연당(蓮塘)이 무던히 어울리던 모양이었다.

그 다음해 봄인가 지용(芝溶)과 셋이서 탑(塔)골 승방(僧房)에를 나갔다가 병석(病席)의 임화(林和)를 찾은 일이 있다. 좌익(左翼)의 효장(曉將)임 화를 우리 셋이서 찾았다니 좀 기이한 감이 없지도 않지마는 비록 우리가 시인 임 화(林和)를 손꼽는다 하더라도 그가 앓지 않고 있다면 찾았을 리는 없었을 것이다. 임화(林和)가 우리의 시를 의식 문제(意識問題)로 경멸했더라도 임 화(林和)의 시를 우리가 경멸할 아무 이유는 없었다. 《시문학》에 싣더라도 상극(相剋)될 아무 건더기도 없는 것이었다. 그 재인(才人)임 화(林和)가 제3기를 앓는다 하지 않느냐. 생전에 만나 보자는 긴장된 마음!

그도 태연하였었다. 용아(龍兒)에 못지않게 태연하였었다. 폐(肺)를 앓는 사람은 다 그런 성싶었다. 그러나 지용(芝溶)과 내 생각은 좀 달랐다. 나는 더구나 임화(林和)가 초면(初面)이다. 처음이요 마지막인가 생각되어 섭섭하기 짝이 없었다. 자기 말들은 재기한다지만 그

형편에 곧이들리질 않았었다. 박은 임 화(林和)가 재기할 것을 믿고 있었다. 자기도 일어났으니까, 그도 일어난다고 하지 않는가. 삼선평(三仙坪) 나오면서 시인은 모두 폐를 앓으니 지용(芝溶)도 그럴 생각 없느냐고 했더니 아직 시집(詩集) 한 권도 못 내놓았는데 가면 되느냐고 대답하여 당장에 그러면 시집부터 셋이서 다 한 시기에 내기로 하고 산질(散秩)된 원고를 주워 모으자고 의논이 결정되었다. 그리하여 지용(芝溶), 영랑(永郞) 두 시집(詩集)이 먼저 용아(龍 兒)의 손으로 만들어져 세상에 나왔었다. 그 중 『지용시집(芝溶詩集)』은 인기가 비등(沸騰)하였었고 그 시집 난 뒤의 조선시(朝鮮詩)는 획기적으로 새 출발을 하였다고 단언할 수가 있다. 『영랑시집(永郞詩集)』이야 용아 (龍兒)의 수고만 아까울 뿐이었다. 그런데 벗이 자기 시집 간행을 웬일로 그렇게 좀 더 있다낸다는 것으로 고사(固辭)했던고, 참으로 딱한 노릇이었다. 벗이 본래 침통시편(沈痛詩篇)은 자꾸 써내시면 서도 무슨 대자연(大自然)에 끌리운다든지 취미에 기운다든지 그런 점은 조금도 볼 수 없었고 내가 너무 정적(情的)인 점을 벗은 오히려 경계(警戒)하였을 것이요, 여자에 담백(淡白)한 점은 특기할 만하였다.

어느 해 봄이던가 창경원 박물관 앞 늙은 모란이 활짝 피었을 즈음, 때마 침 늦은 봄비가 내려서 넓죽넓죽한 모란이 뚝뚝 떨어지는 광경이 과연 비장(悲壯)한 바 있으리라 하고 벗을 끌고 비를 무릅쓰고 쫓아갔었더니 벗은 그런 것쯤 대단찮이 여겼었다. 겨울의 고련근 열매〔旋檀[선단]〕가 담황색으로 대단히 깨끗하고 고담(枯淡)한 바 있어 벗을 끌고 내려왔더니 온종일 방 안에서 책만 만지고 이튿날 집으로 돌아가 버렸었다. 그러니 벗과 앉아 이 야기하면서는 풍경이 그리 필요하질 않았다. 방문을 닫고 앉았어도 기분은 수시로 만들어지곤 하였었다. 시(詩)를 위한 독서, 그 외에 로네클렐의 사진과 디트리히의 연기를 보는 것이 가장 좋은 취미였으리라. 한사코 시집을 안 내고 만 것도 한번 그의 성미로 미루어 보아 있음직한 일일 것이다.

벗의 건강은 차차 좋아졌고 한번 그렇게 잘 이겨낸 뒤이고 보니 자타(自他)가 꽤 방심도 했을법하다. 나 역시 박(朴)이 또 앓는다 하더라도 이젠 그리 대단치는 않으리라 믿고 있었다. 술도 조금씩 먹어 보고 긴 여행도 좀 하였고 실상 병의 시근(始根)이 몸에 남아 있었을 셈을 잡으면 좀 무리 타 할 만큼 2, 3년간 조신(操

身)을 못 한 셈이었다. 그렇기로 발병(發病)을 자각한 지 겨우 3, 4일에 목이 그렇게 잠긴다는 것이 무슨 일이냐. 슬픈 일이었다. 집에서 앓다가 세전병실(世專病室)로, 그곳서 성모 병실(聖母病室)로 옮기었을 즈음 나는 올라왔었다. 목이 잠겨서 눈으로 맞이할 뿐 손을 쥐어 보니 얼음장이다. 내 차마 입이 벌어지질 않았었다. 필담(筆談)으로 의사를 통하다니 어이가 없었다. 가슴을 앓아도 치료만 잘 하면 상당한 수명을 잇는 것이 현대 의술(醫術) 아니던가. 벗의 경우는 어떠한가. 자기도 모르고 곁에 사람도 모르는 사이에 불치권(不治圈)을 들어서 버리지 않았는 가. 그도 천명(天命)인가. 병(病)에 태연하던 벗이기로 모 박사(某博士)가 전년 동기(前年冬期)에 약간 경고(警告)를 하였다 하지 않는가. 병에 너무 태연한 벗의 기질도 원망스러웁다. 벗은 절망하는 것 같지는 않았으니 우리 는 그 점에 힘을 얻어 지구전(持久戰)을 할 셈으로 병실을 자택으로 옮겨 보았다. 그러나, 오! 그러나 옮긴 지 10여일 되던 날 오후 벗은 난 후 처음 약한 소리를 토하잖는가. 잠긴 목소리로 「암만해도 도리가 없다」나는 눈물이 핑 돌았었다. 정말 별도리가 없는 것 같아서 벗의 오랜 투병사(鬪病 史)에 일찍 토하지 않던 그 약한 소리는 확실히 불길한 예감을 아니 줄 수 없었다. 친우들께의 영결(永訣)의 글을 부인(夫人)께 대필(代筆)시키고 나 에겐 바로 벗이 손수 좀 자세히 쓸 말이 있노라고 하여 날을 미루고 있다가 이루지 못하였었다니 더 안타까왔다. 40만 넘기면 우리가 수명(壽命)에 불평은 할 것이 없다고 하였거니 나머지 5년을 왜 더 못 채우고 가 버리었느냐? 운명(殞命) 5분전까지 의식이 명료하셨다는 벗이 부모와 처자는 어찌 잊고 갔을까, 시는 또 어찌 잊고 갔을까.

(《朝光[조광]》5권 13호 1939년 12월)

춘수(春水) 南方春信(남방춘신)

때마침 구정 초(舊正初) 보름 전이라 예년 같으면 지금 한창 설놀이에 날 가는 줄 모를 판이다. 안방에서는 윷판이 벌어지고 사랑방에서는 여러 가지 내기판이며 풍류 시조까지 떠들썩할 것이요, 마당에 모인 붉은 댕기들은 널판을 서넛은 갖다 놓고 어머어마 높이 뛰고, 고샅길에서 돈치던 놈들은 담 넘어 보려다 넘어지고 요새 밤 같이 초생달이 차츰 커가노라면 남방(南方)에서는 가장 큰 설놀이라 할 줄다리기도 시작될 것이다.

이유야 어찌 되었든지 금년부터는 시골서들도 양력과 세를 안할 수 없게 된 관계로 실상은 음·양력간에 설쇠는 것이 흐지부지가 되고 만 셈이다. 세 말 정초(歲末正初)가 눈에 뛸 만큼 번거롭지도 않았고 거리의 세배꾼이며 선산에 성묘꾼도 아마도 많았던 것 같다. 풍습과 기분이란 게 묘한 것이어서 먼저 설 때엔 잠자코 있던 축들이 이번 설에는 하고 잔뜩 벼르고들 있었 던 모양인데 세찬(歲饌) 보름께쯤 시원한 눈이 척설(尺雪)

이 넘고 그 위에 또 내리고 또 쌓이고 하는 통에 제법 말만씩한 놈들이 모퉁이에다 널판을 갖다는 놨으나 암만해도 뛸 수가 없어 한숨만 쉬는 것을 본다.

눈도 눈도 첨 보았다. 남쪽엔 눈이 왜 없을 거냐마는 40년래 처음 보는 눈 이라니 우리 눈알이 휘둥그레질 밖에 없다. 스키를 보내라, 전보를 친다.

스케이트를 K주(州)까지 사러 간다. 야단들이었다. 전보 주문이란 것이 그럴 법한 것이 이곳 눈과 얼음이 해만 번듯 나면 녹아 버릴 것이 정해논 일 아닌가. 척설(尺雪)이라 치더라도 흙이 따습더라도 완연히 따스울 것을 이 곳 사람이 다 알고 있는 까닭이다. 더러 희한한 눈이 그렇게 내려서 스키가 뭔지 스케이트 맛이 어떤 것인지를 남방 사람들도 교습 받을 필요가 없지 않다. 겨울에 화로를 모르고 사는 사람들, 장판의 방이 따습기나 했으면 마련 오줌도 참고 앉아서들 시조나 읊고 풍류나 좀 하면 몇 날 안 되는 겨울이라 어느새 가고 없다. 이번 눈통에 그래도 그 시조만은 재미를 본 셈이었다.

'설월(雪月)이' 하든지 '적설(積雪)이' 하든지 도무지 실감 있게 불러 보지는 못했을 축들이 요번에는 한량(閑

良)은 둘째 치고 초월(初月)도 '설 월(雪月)이'요, 산옥(山玉)도 '적설(積雪)이' 다. 눈 설(雪)자는 시조를 모두 가리켜 내려는 것이다. 시조가 아니더라도 우리말로 '눈'하기보다 한자로 설(雪)자가 눈에 더 가까운 것도 같아서 '눈'을 넣어 시조를 주면 설(雪)자 넣어 달랜다. 눈이 쌓이고 있을 때 실컷 설자(雪字) 시조를 읊어 보자는 심사도 그럴법히 여겨진다. 그 눈이 스키나 스케이트를 산 축들의 염려를 가라앉히지 못하고 그만 이번 비에 자취도 없이 녹아 없어졌다. 그럼 그렇지, 신문에 삼방(三防)과 금강(金剛)에 새로 강설(降雪)이 심하여 이제부터 스키가 시작될 것을 써는 놓았고 전보 친 축들의 원망도 사주어야 될 법하다.

눈이 없을 적에 정초 비가 왔더라도 틀림없이 봄비의 맛이 나는 곳이라 반삭(半朔)을 넘어 천지를 하얗게 덮었던 눈 때문에 겨울도 지루하다는 감이 없지도 않았던 것을 단 하룻밤 비에 허망하게도 물러간 것이 겨울이요, 찾아든 것이 벌써 봄밖에 없다.

바닥이 따스우니 눈 속에서도 자랐을 것, 수선(水仙)은 한 치가 넘는다.

보리꾼은 호미로 캐어 죽을 끓일 만큼 소복소복 커올

랐다. 봄이 풍기는 새 파란 잎이 색깔이 벌써 들었고, 흙빛이 더 검어진 것이 분명하여 김이 솔솔 오르고 있다.

내 눈 감고 잠자리에 들어도 매양 슬프고 꿈이 오히려 서러운 때가 많아져 서 아침이면 참새보다도 귀를 더 속히 뜨고 자리를 걷어차면 뒷산을 오른 다.

오늘 아침은 이불 속에서 문득 김이 무럭무럭 오를 강물이 보고 싶어져서 그대로 내걷기 30분, 저자를 지나고 들을 지나고 강 언덕에 나섰다.

강물은 앞산 얕은 봉우리를 돋는 햇발에 잠잠히 이는 물결뿐, 밤새 생긴 밤의 흐름이라 그럴법히 어린 태가 돌고 무럭무럭 이라기보다 그저 김이 서 리는 정도로 서너 치 물김이 오르고 있다.

《朝鮮日報[조선일보]》1940년 2월 23일

춘수(春水) 南方春信(남방춘신)

이 강물의 나이는 열여섯을 잡을까. 더구나 오늘이 초여드레, 조금 물이 많을 리 없다. 바다는 바로 밑이다. 갖다 뵈면 쫄 — 따뤄 질 성싶다. 큰 배가 들어올라치면 오늘 이 강물은 그 배가 다 마셔 버려도 마셔 버릴 듯 줄기 가늘다.

눈 녹은 뒤 초봄이 이 강물에서 얼른 보인다. 며칠 전까지 강가에 얼어붙었던 얼음장이 녹기에 이틀이 다 못 갔다. 오리 갈매기가 저 밑 바닷가로 몰리는 듯 하더니만 우 — 하니 되돌아온다. 기고 날고 톰방거리고 강물이 너무 순해 보여서 그런 성싶다. 너무 허리가 늘어서 그런 성싶다. 그놈들이 아침 날빛을 좋아하는 것이 사람의 그런 정도가 아니다. 우리가 햇빛을 좋아한다는 것은 실상 그리 천연(天然)일 수가 없다. 보람이니 설움이니 건강 이니 지지리 햇빛은 쌍화탕이나 다를 거 무엇이냐. 햇빛을 사람이 좋아하기로 아무래도 오리 갈매기보다는 하등열질(下等劣質)이다. 사람은 차라리 해를 등지고 사는 것이 옳은 일이 아닐까. 광명을 찾는다는 말부터가 따져 보면 수상하다.

물새와 햇발! 하루 한 시간이라도 좋으니 그렇게 즐겨 볼 수 있다면 세사 (世事)를 돌이켜 생각해 보면 천리 만리로다. 그 사람들 틈에서 시(詩)가 어쩌다 생겨났는지 모를 일이다. 몇 세기에 한 사람 적선(謫仙)이 난다 하더라도 사람에게 큰 자랑이 아닐까. '베토벤', '모짜르트', '슈베르트', '쇼팽'이 났다는 것은 사람의 큰 자랑일 밖에 없다. 한 발 남짓을 넘는데 원근(遠近)의 왕래를 가지고 나룻배도 물 위에 떴다. 물새가 난다. 바다로 바다로 난다. 해가 오른 뒤 사람과 오래 사귀는 것이 위험함을 물새는 안다. 물결 하나 까딱 않는 강물, 나룻배는 잠잠히 오르는 물김만 헤치고 가며오며 한다. 얼굴이 화끈해지는 것 같아 만지니 따스하다. 거울 있어 본다면 불그스레하리라. 아까 말한 건강이 다 이렇게 얻은 건강이 죄 될 것도 없으므로 우리는 감사할 것도 없이 그저 건강할 뿐이다.

발을 돌려 딛는다. 어느 해 이른 봄, 그 아침도 다 이런 아침이었으리라.

발을 벗고 사장(沙場)을 들어섰다가 몹시 차서 도망쳐 나온 일이 있었다.

겨우 봄맛 담근 강모래를 선불리 다룰 것도 없다. 산은 모두 제 품 안에 지 난 삼림암석(森林岩石)을 다 드러내어 보이고는 있지마는 저마다 얼굴을 환 히 드러내지 않는다. 더구나 기압의 탓인지 극히 엷은 안개가 이 골짝 저 골짝에 얕이 몰려 있는 초봄인듯한 숫스런 태와 간지러움까지 가벼이 싣고 있다. 몇 날이 못 가서 벗어질 어린애 낯에 솜털이 아니냐.

비로 쓸 것도 없다. 박사(薄紗)로 가리워진 명모(明眸)로 하여 우리는 마음 더 설렐 수가 있다. 아까 지나던 저자가 거의 다 헤어진다. 그 아낙네가 찬물에 들어 깊이 든 조개를 잡을 수는 없었다. 굴(석화)도 그리 흔할 수는 없다. 누구 하나 이 아침 옷 속에 손을 여민 이가 보이지 않는 것이 시렵지 않은 탓이다. 저자꾼이 온통 아낙네들인데 추워 뵈지를 않고 활발하다. 앞으로 추위는 없다는 것쯤 다 알아버린 까닭이다. 한낮쯤 하여 의자(椅子)를 미나리 방죽과 볼통갓 동바를 내려다보고는 코트 위에다 놓고 잠잠하고 따스한 날빛을 수북이 받으며 앉았다. 봄동은 눈에 눈되고 비에 씻기웠으나 외려 더 싱싱하고 탐스럽고 번듯한 품이 생으로 뜯어먹음직도 하다. 요새 미나리가 얼마나 미각을 당기는가, 고속(故俗)을 떠나 서울에나 사는 친구 에게 물어 본다면 그는 금방 혓바닥에 침이 돌리라. 그 미나리가 자라기서 너 치보다 더 자라면 캐어 먹는 미나리가 아니라 베어 먹는 미나리가 된다.

맛이 떨어질 것은 물론이요, 운치가 있을 턱이 없다. 미나리 봄동이 정초부터 밥상에 오르는데 봄동이 더 전동혹한(前冬酷寒)으로 실수(失手)될 수가 있으나 유자(柚子) 내가 퍼렇게 사흘 동안 언제고 우리의 진미가 아닐 수 없다.

《朝鮮日報[조선일보]》 1940년 2월 24일

춘심(春心) 남방춘신(南方春信)

이 고샷 저 골목에 아낙네들의 웃음소리가 유창하다. 정초 나들이에 길거리서 잠깐 만나 인사하는 소리만도 아니다. 웬 음성을 그리 높이 낼 리도 만무하다. 음향이 봄기운을 타는 것이다. 휭휭 울려난다. 어린애들은 벌써 츰내(호도기)를 만들기로 댓가지를 부러뜨린다. 더 일찍 아는 것 같다. 뒷 언덕에 산소나 물 그대로 의자(倚子)를 만들고 흥청거리면서 늬나늬 늬나누 ——를 분다. '어 — 허참', '잉 — 이' 하는 소리가 윳댁(宅)에서 들려 나온다. 사이좋은 고부(姑婦)간의 살림 수작이 그러하다.

전라도서도 이곳 말이란 것이 처음 듣는 이는 아직 말이 덜 되었다고 웃고, 자주 듣는 이는 간지러워 못 듣겠다고 얼굴에 손까지 가린다.

시인 C는 감각적인 점에서만도 많이 잡아 써야겠다고 한다. 통틀어 여기 말이 토정(吐情) 같으나 타도(他道)

말인들 의사 표시에 그치기야 하느냐마 는 보다 더 토정일 것 같다. 우리가 등이 가려우면 긁고 꼬집으면 아야야를 발음하는 것과 그리 거리가 없는 말일 것 같다.

여자의 말이 더욱 그러하다. '잉 — 이응 — 오' 하는 부정어가 어디 또 있는가.

길거리에서 떠드는 말소리가 공중으로 휙 날아 들어온다. 봄이 아니고야, 봄이 아니고야 그럴 수 없다. 바람이 댓잎 끝을 새어 나오는데 끝이 다 펴 져 버려서 말소리가 타고 오는 것일까. 어디 그뿐이랴, 장차는 산골짜기마다 찾아가서는 그 간질간질한 안개 아지랑이를 이리 몰고 저리 몰고 다닐 바람이다. 그러노라면 안개 아지랑이 멋지게 계곡에 숨을 날도 앞으로 며칠 아니다.

멋이란 말에 언뜻 생각키우는 것이 지용의 '멋'이다. 호남 해변에 가객 기생(歌客妓生) 사회를 중심으로 멋이 발전했을 것 같다고 하여 서경 시문 (書經詩文)에서 보는 것은 멋이 아니라 운치(韻致)라 하고 멋은 아무래도 명창 광대(名唱廣大)에 물들어 온 것 같다고 하였다. 시문이 운치와 맛이 어떻게 틀린다는 것을 얼른 말하기는 좀 어렵겠으나 명창 광대께서 멋이 물들어 온다는 것은 수긍할 수 없는 말이다.

선비에게서 광대 명창이 멋을 배우려 애를 써도 격을 갖추지 못하고 떨어지는 수가 많기 때문에 흔히 그들은 신멋을 범한다. 그러고 보니 죄가 멋에 있지 않고 사람에게 있다. 격 높은 평조(平調) 한 장(章)을 명창 광대가 잘 해내지 못하는 것을 보아 알 수 있다. 노래를 멋지게 부른다는 것과 그 양 반 멋있다는 것과는 전연 말뜻이 틀린다는 것이다. 관북 관서(關北關西)의 친구를 많이 아는 우리는 지용의 멋있는 훌륭한 시품(詩品)도 알 만하다.

수심가나 근대 일찍 육자배기가 퇴폐적일지는 모르되 남도 소리에 대한 지용의 견해엔 좀 승복치 못할 점이 많다 하겠다. 멋이 소리에만 있을 바 아니거니 운치에 무릎을 꿇어놓는 것이 부당할까 생각한다.

선비 가객이 소위 신멋을 범치 않음을 보라. 멋의 항변이 길어졌으나 지용 은 평양서 멋진 기생을 못 만나 보신 듯하다.

코트 바닥은 내일쯤은 백선(白線)을 그을 만하게 습기가 걷혔다. 정연히 라인을 그어 놓아도 난타(亂打)라도 할 벗의 흰 운동복이 되었을까. 사동을 보내 둔다. 론 테니스, 내 청춘의 감격이 무던히 바쳐진 론 테니스, 흰 라인, 하얀 네트, 흰 유니폼, 하얀 볼, 봄볕에 그들은 발랄하다. 라켓 든 손을 흐르는 혈조(血潮), 1초 전에 만들어진 정혈(精血)이리라. 페어플레이의 정신을 나는 론 테니스에서 얻었다 함이 솔직한 고백일 것 같다. 사동이 모 래와 흙을 파들이여 온다. 화단에 신장(新裝)을 시작한다. 이 구석 저 구석 모여 있는 낙엽은 한번 진 채 겨울을 났다가 이제야 쓸리 운다. 화단에 구르는 낙엽은 겨울의 한 운치임에 틀림없다. 후엽(朽葉)을 추려 보니 몇 종류 안 된다. 동청(冬青)의 표(標)가 안 붙어 있는 초화(草花)가 이곳에서는 곧 잘 그대로 동청(冬青) 한다. 흙을 새로 깔고 잔디를 떼어다가 선을 두르고 화단의 흙을 만지며 떡 고물 가을 감(感)이 난다.

《朝鮮日報[조선일보]》1940년 2월 27일

수양(垂楊) 남방춘신(南方春信)

동백(冬柏)은 잎마다 소복소복 햇발을 지니고도 성하게 푸르다.

양지쪽이면 이 그믐께 그 싱하게 붉은 꽃도 터져 나오리라. 하늘에 총총 박힌 별이 모두 진홍일진대 우리의 마음이 어떨꼬. 동백꽃은 숲이 그 가슴에 꼭꼭 박아 놓은 붉은 별들이다. 떨어지는 날은 비창(悲愴)할 수까지 있다.

돌담에 얼크러진 연한 뿌리를 찾아낼 수가 없다. 잡초라 무심히 메일까 두려워 그리 깊이 간직했는가. 잡초는 그대로 있을 데 있어 좋아 보이고 어울 리거늘.

금렵구(禁獵區) 안의 참새 떼들이 오늘은 유난히 재재거리는 것이 마치 아침 저자에서 나던 소리다. 심동(深冬)을 삼경사경(三更四更) 흉하게 울던 올빼미 놈이 줄기만 앙상하니 뻗어 있는 기평 나뭇가지에 멍하니 앉아 까치 의 조롱감이 되고 있다. 퍽은 어리석어 보이는 귀달린 새, 고놈이 밤중에 쥐를 잡아내는 품이 고양이와 다를 게 없다. 눈과 귀가 그 소리와 같이 흉하게 된 새다.

원적(原籍)과 거주계(居住屆)가 다같이 이 금렵구 안에 있는 까마귀떼. 이 번 큰 눈에 산과 들에 먹을 것을 못 찾고 구장(區長)의 남향 초가지붕을 마 구 헤치는데는 긴 간짓대로 날키러 다니는 수밖에 없었다. 좀해서 날아가려 고도 않는 것을 보면 검은 까마귀도 그리 미울 것도 없어 파도 안 나오면 갈 것을 기다리기로 한다.

큰 기평나무 세 그루가 그들 백자천손(百子千孫)의 보금자리요, 큼직한 대 삽이 그들의 안방이다. 대가족주의가 반포효도(反砲孝道)에서 생겼거니 싶어 은근히 경의를 표할 때도 없지 않다.

까마귀까지 참새는 이 금렵구에서는 개 닭보다도 나와 사이가 가까웁다고 해야 옳은 말이다. 개 닭을 여러 번 죽인 뒤 더 안 치는 까닭도 있지만 근본의 벽이 없어 잘 치지를 못한 때문이다. 참새는 내 서 있는 앞 일채창(一采窓) 안에서 아무 위구심도 없이 예사 잘들 돌보면 작은 미물이지만 관심이 아니 갈 수 없다. 해조(害鳥)의 낙인이 찍힌 탓으로 더러 그것들의 발목이 베어지는 것을 보고 젊은 주인은 이 터 안을 금렵구를 만들었던 것이다. 그 뒤 소년 총사(少年銃士)는 물론 실없는 놈팡이 이사(狸師)들도 접근을 안 시킨다.

텅 빈 하늘빛은 비로 쓸 만치 뿌옇다. 몇 날 안 가서 보드레한 에메랄드가 깔릴 것을 생각한다. 아무래도 수양(垂楊)이 초봄의 초신호(初信號), 부는 듯 마는 듯한 미풍에도 설레나니 기어코 파르스름한 초봄을 적시고 만다.

앞으로 5, 6일이다. 하루 한 번씩 수양을 바라보아 봄의 숨소리와 걸음걸이를 뒤따를 수 있다. 이 몇 날이 가장 중요한 봄의 생리(生理) 기간이라 이 동안만은 점심을 굶더라도 지켜야 한다. 수양의 생리를 지켜야 한다.

처(凄)가 나들이를 차리고 나선다. 이건 남의 옷, 모자까지.

"왜 또 이러오?"

"K주(州)를 같이 가실거나. 중(重)이 한테를 가실거나." "마음을 그만 가라앉히래두."

"오늘은 꼭 가겠어요."

작정을 단단히 한 셈 같다. 중(重)이를 그 눈 속에 묻고는 나만 한 번 눈을 헤치고 가 보았지, 처는 핑계 핑계하여 못 가게 해놨던 것이다. 날씨가 확 풀린 봄이요, 중이 생각이 불현듯 치밀어 나선 사람을 막을 수도 없고 하여 K주(州)는 작파(作罷)하고 중이를 찾아가기로 한다.

3마장 논둑길, 별로 말도 없이 간다.

“울지 말우.”

대답이 없다.

“울 테요.”

벌써 처의 안면(顔面) 근육이 이상스러진다. 다행히 논두룩에 아직 일꾼은 안 나오는 때니 들킬 것은 없지만 자식을 묻고 뫼 찾아가는 우리 내외를 먼빛으로도 짐작할 수도 있는 처지라 시하(侍下) 사정도 있고 남의 눈에 뜨일 것이 좋을 것도 없고 하여 첫 번은 내 혼자 다녀왔던 것이다.

중(重)이 생각이 나는가 하면 중이 그 두 눈이 먼저 보여서 아찔해진다.

살리어 주기를 애원하는 두 눈, 중이는 특히 두 눈이 잘 생겼던 아이다. 10 년 전에 처음 둘째아이를 놓쳐 봤고 이번 중이를 보내는데 간(肝)이 어찌 안 썩고 있는지 모르겠다. 사람의 죽음 중에 영아(嬰兒)의 죽음이 가장 불쌍하지 않을까.

나도 눈물을 좀 냈다. 처는 목이 멨다. 중이가 묻히던 밤, 반시간 앞 서 큰 눈이 내리기 시작하여 두 주일 동안 천지가 눈으로 덮여 버렸으니 죽은 애가 척설(尺雪) 그 밑에 꽁꽁 언 땅 속에 그대로 눈물 내고 보채고 하는 것만 같이 안타까울밖에 없다.

이번 갔다 오면 처도 웬만히 잊을 터이다. 그러므로 어린애 죽음이 더 불쌍하다. 두 번을 다 아이를 놓치고 나면 봄이 찾아오게 된 탓으로 항상 마음이 서언하다.

《朝鮮日報[조선일보]》 1940년 2월 28일

제복(制服) 없는 대학생(大學生)

서울의 거리를 거닐 적마다 생각나는 것이 왜 서울 거리에는 제복(制服)한 대학생이 이렇게 안보이나 하는 것이다. 소란한 3년, 그 사이에 구태여 제 모(制帽)를 쓰고 대학생을 광고할 게 무어냐 해서 예쁜 배지를 얌전히 달고 다니는 것으로 보아 알 수 있고 겨우 그것만으로도 일종의 대학생이란 긍지를 느끼기도 하리라는 점에서도 알 수 있다.

제복한 대학생이 혹은 이 거리에서 위험을 느껴 본 적은 없는가? 그 당국 에서 아직 제복을 제정 안 했다면은 그도 상당한 큰 실수에 국할 일이다.

중학생의 감격의 행진을 참관(參觀)한 시민이면 누구나 다 느낀바 '하는 수 없어서 당국에서도 아주 대학생은 포기할 작정인가' 해지는 것이다.

회사원인지 직공인지 대학생인지 관리인지 모리 청년(謀利靑年)인지 얼른 가려 볼 수 없는 사회가 흔히 말하는 자유 사회일는지는 모르되 대학이 진리를 탐구하는 학문의 집으로 국가의 동량이 길러지는 곳이라면 형식이 내 용을 규정할 수 있다는 것은 여기에서도 적용되는 말일 것이다.

선진 국가의 예에서 혹은 제복 없는 곳도 있으리라. 그러고도 좋다고 하게 되려면은 아마 한 세기쯤은 문화가 높아져야 되리라 믿는 바이다. 환경의 탓도 많겠지만 일반 대학생이 공부에 짜증이나 나지 않았나 하는 느낌을 행하여 시민에게 안 주기를 바라는 바다. 국민은 대학생에게 큰 기대를 졌음만큼 실망도 클 것이라는 것이다.

《海東公論[해동공론]》49호 1949년 3월 9일

열망(熱望)의 독립과 냉철한 현실

— 삼천만은 反託一貫[반탁일관]으로 단결하자

5호성명(五號聲明)에 서명(署名)하여 협의(協議)의 대상이 되고 임정(臨 政) 수립이 되면 그 안에 들어가서 조선 자주 독립을 주장 관철해 본다는 것이 근근 민족진영 대부분의 공위(共委)에 참가 태도인 것 같다. 작년 결렬공위(決裂共委)에 말썽 많던 참·불참 문제가 하지, 아놀드 양장군(兩將軍)의 그 친절 공정(親切公正)한 보장선언(保障宣言)으로 겨우 민족의 체 면을 유지시켰고 삼천만은 거의가 다 꺼림칙이 여기는 가운데에도 일루(一縷)의 희망을 품고 참가 결정했던 일을 회고하면 1년이란 동안 국내외의 모든 정세는 상당히 급전되어져 있음을 인정 않을 수 없다. 민주주의의 가장 정확한 해설자요, 실천자이려는 마샬 장관의 강력한 주장으로 재개된 미· 소공위(美蘇共委)는 그야말로 일사천리의 안건 처리를 해가는 셈이다. 그리 하여 서명(署名)을 요하여도 작년과 같은 보장(保障) 선언은 기어코 내놓을 성의도 시간도 없는 성싶은 인상을 주고 있다.

두 달 전의 막부(莫府)에서 마샬 장관의 모 외상에게 보낸 서한을 싸들고 매일같이 그 서한은 부연(敷衍)하여 조선인의 의사 발표의 자유 원칙하에서 공위(共委)는 재개되는 것이라고 우리에게 깊이 인식시킨 이들은 과연 누구 인가. 하지, 러치 씨, 브라운 씨 한두 번 발표만 아니었을 것이다. 미 본국 의 진론(眞論)이 그 동안 어떠했던가. 자유 해방된 조선 민족의 자주독립 국가를 완성시키는 책임을 미국이 지는 것을 자인하지 않았던가. 그런데 시 (是) '작년과 불변(不變)'이라는 애매한 소리일 뿐이니 그도 그러할 밖에 없는 노릇이다.

이유야 간단하다. 하지 중장(中將)이 12월 24일 북선(北鮮) 샤 장군에게 보낸 회한(回翰)이 이번 공위(共委) 재개의 기초가 되는 까닭이리라. 전후 (戰後) 처리에 있어 미·소(美蘇)가 세계 어느 선(線)에서나 그러하지마는 양군 분담(兩軍分擔)하의 착란(錯亂)한 정세하에 재개되는 공위(共委)에서 보더라도 소(蘇)의 현실 외교는 능히 미의 민주 외교를 굴종시켜 놓았음이 틀림없고, 민주주의의 명예, 그런 옹호자인 마샬 장관도 첫번 강경 화려히 내펴던 말이 불과 이순(二旬)에 하지 중장의 회한(回翰)쯤 정도로 모 외상 에 굴종해 버렸다는 그 심사(心事)의 의도를 어찌 의심 없이 본다는 말이냐.

우리가 2차 대전의 성격을 잘 이해한다 할 수 있고 미국의 우리 조선에 있어 서 최저한의 야망(?)이라 할지, 강토를 세계 민주주의화의 최전선 기지로 등장시키지 못하는 이유를 잘 이해한다 할진대 저 숙명적인 38 비극선을 악의(惡意)와 위성지념(危性之念)으로만 해석할 필요도 없을 것이다.

그러나 강대한 연합국인 미·영·소(美英蘇)가 세계 민주화의 명예스런 명 의(名義)를 위하여 조선을 해방시키고는 또다시 각자 국가적 이유에서는 신탁(信託) 관리를 규정해 버린 뒤에 오는 것은 소위 국제 협조를 위하여 약소 민족쯤 희생해도 좋다는 강압적인 이론 귀결(理論歸結)이 오늘 공위(共 委)가 오족(吾族)에 대한 것, 연(然)한 태도라 아니할 수 없다. 슬픈 노릇 이다. 물론 국내 사정으로 보아도 저 절망적인 민생고(民生苦)만 구원한다는 이유로도 38선 타통(打通)이 즉시 실현되어야 하고, 그러하면 공위를 성립시켜 임정(臨政)이 수립되어야 할 것이다. 탁월한 정치가군(政治家群)은 들어가 싸우라. 비장한 각오를 지니고 들어가 싸우라. 선인(先人)들이 어디서 어떻게 싸우셨던가. 왜 잘들 알고 있지 않은가. 그러나 과연 한 마디라 도 민족의 염원을 개진설토(開陣說吐)할 수 있을 것이냐. 그러한 분초(分 秒)와 시간이 허락될 것이냐.

오늘 이 나라 수도 서울 국제무대에서 과연 이 세기의 민주주의가 실천될 것이냐. 마샬 장관이 해석한 민주주의가 실천될 것이냐? 슬픈 노릇이다. 삼천만민은 모두가 낱낱이 받은 한 갈래의 피요 뼈요 넋이라. 거기에 길러진 민족의 정기(正氣)? 불타오르면 온갖 불의(不義)와 사악(邪惡)을 태워 버리고야 말았던 것 아니냐. 여기에 민족 천년의 운명을 정해 준다는 공위(共 委)가 만일이라도 민족적 염원에 어긋나는 결과를 강제로 만들어 놓는 때의 이 강산에 불같이 일어날 무서운 혼란, 상상만 하여도 눈이 캄캄해진다. 38 선이 터지는 날이 통일이 되는 날이런가. 두 동강 난 강토가 이어지니 통일이요, 못 만나던 동포가 3년 만에 다시 만나니 통일이니라. 그러나 그만하면 통일이리요. 저 중국은 38선 없는 불통일(不統一)로 열국의 멸시를 면치 못하고 있지 않은가? 저 인도(印度)는 왜 분할 독립이 되고 마는

가.

정부가 서기만 하면 독립이냐. 국제 조약에 신탁 관리를 규정하고도 정치 간섭을 않는다고 사석(私席)에서 양언(揚言)한 그것이 되는 독립이라면 슬픈 노릇이다. 도대체 막부 결정 3항(莫府決定三項)에 '어떠한 이유'로 조 선을 신탁 관리해 본다는 조목은 없다. 다른 모든 성명(聲明)에도 그 이유를 명시한 한 줄 문구를 본 사람이 없을 것이다. 답답하지 않단 말이냐. 협 의 상대(協議相對)로 들어가는 사람, 밖에 앉아서 그 하회(下回)를 기다리 는 민중, 다같이 신탁(信託)을 엎어 씌우려는 데에는 단결하고 한사(限死) 하고 거부할 것이다. 세계 민주주의의 실현과 오민족(吾民族)의 영원한 자 유 번영을 위하여 우리는 공위(共委)의 좋은 결과를 기다리기에도 열심이거니와 설령 공위가 실패된다 하더라도 결코 실망 동요치 않는 민족임을 가장 자랑하려 한다.

《民衆日報[민중일보]》1947년 6월 17일

피서지(避署地) 순례(巡禮)

— 設問答[설문답]〔名士推薦[명사추천]〕

지명(地名) : 내금 마하연(內金剛摩訶衍)이나 표훈사(表訓寺).

노순(路順) : 만인이 다 아시는 길.

비용: 일삭(一朔) 월액(月額) 육칠십 원.

特長[특장] : 만폭동(萬瀑洞), 명경대(明鏡臺), 영원암(靈源菴), 수렴동 (水廉洞), 망군대(望軍臺), 수미암(須彌菴), 선암(船菴), 강선대(降仙臺), 비로수즉수미제봉(毘盧水即須彌諸峯), 유고사(楡枯寺), 구룡연(九龍淵), 옥 류동(玉流洞) 모두 하룻길 한나절 길이요, 백운대(白雲臺)가 침상(寢床)이요, 중향성(衆香城)이 병풍(屛風)이니 잠자리도 편하고 연인동반(戀人同伴)이시면 그 분만은 불지암(佛地菴)에 맡기시고 조석 문안(朝夕問安)하는 것이 도리요, 매일같이 표훈사(表訓寺) 능파루(凌波樓)에 앉으시어 귀야전(歸若殿)의 고제(故齊)된 곡선을 사랑하시면 늙지 않지요. 늙지 않으시니 좋은 곳 아닙니까. 8월 기온이 삼베옷을 절대로 못 입게 하는 곳이니 피서 지(避暑地)로도 첫째 아닐까요.

《女性[여성]》4권 8호